VINÍCIUS NEVES MARIANO

VELHOS DEMAIS PARA MORRER

*Aos meus pais, Piedade e Oswaldo,
e aos meus avós, Zoza e Quinzinho,
por me ensinarem a ouvir o tempo.*

*Aos meus ancestrais,
por permanecerem comigo.*

"Ainda não se havia espalhado por toda a terra a ilusão de poder-se fraudar o tempo e afastar indefinidamente o envelhecimento e a morte com técnicas cirúrgicas e calistênicas, fórmulas químicas, discursos de autopersuasão, mantras, injeções, próteses, lágrimas e incensos. Então, só era possível fazê-lo tornando-nos heróis, mártires, mitos, símbolos. Apostava-se a vida no que acreditávamos ser maior que a nossa própria vida."

OUTROS CANTOS, MARIA VALÉRIA REZENDE

"*– é preciso algum cuidado
com aquilo que se designa por progresso*"

OS TRANSPARENTES, ONDJAKI

ANO ANACRÔNICO

Vigência do TranMat
10 anos

POLÍTICA HEBEÍSTA

**Início das leis da
segregação etária**
25 anos

Ano seis da década
oito do século zero
do milênio dois

ANO SEIS DA DÉCADA OITO DO SÉCULO ZERO DO MILÊNIO DOIS

sta é uma história triste. Não só pelas mortes que lhe aguardam nas últimas páginas desse relato, mas principalmente, pela morte da própria história. Em um mundo que luta contra o envelhecimento, falar sobre o passado é um ato de coragem.

Na época em que Daren se questionou sobre esse mundo, envelhecer era uma ofensa.

– Ser velho é ser miserável de vida. É mendigar, arfando, um resto de fôlego para alimentar os pulmões.

É suplicar por um bocado a mais de memória, com medo de esquecer até mesmo as palavras de súplica. É se deitar todas as noites implorando a esmola de mais um dia. Na velhice, você se torna um pedinte de qualquer sobrevida que alguém tiver sobrando. Falta sono, falta sede e se padece na desgraça de um corpo frágil. Por mais que a medicina tenha avançado nas últimas décadas – hoje, como vocês sabem, é raro uma doença levar um paciente a óbito, ela ainda não é capaz de impedir o tempo de correr. A medicina não é capaz, por exemplo, de impedir que audição se perca e que a visão se turve ao longo dos anos. Vocês podem me dizer: "Ah, mas a experiência...! Ah, mas a sabedoria...!", e eu respondo: não se iludam. Não existe beleza na velhice. Por mais empatia que alguns velhos nos causem, não se deixem levar por esse sentimento. Quando sentirem compaixão diante de um velho, abram bem os olhos: reparem na coluna envergada, como se os anos lhe pesassem os ombros; observem como o corpo vai se retraindo, murchando como uma flor abandonada em um vaso esquecido no quintal; notem a pele sem brilho algum, tão ressequida quanto um rio que perdeu suas águas, coberta apenas pelas cicatrizes, pelas manchas de idade e por outros rastros da vida que um dia foi abundante ali. E então, depois de observar a penúria em que vivem os velhos, façam uma pergunta para vocês mesmos: "eu estou disposto a trocar algum traço da minha juventude por um pouco mais de experiência?"; "eu abdico da minha saúde em troca de uns anos a mais de sabedoria?" – seja lá o que for isso. Não. Por acaso algum de vocês aqui abandonaria sua independência ou sua liberdade para "ter mais tempo para descansar"? Alguém seria louco de abrir mão da sua energia, do seu desejo, da sua potência sexual por algo do tipo? Não sejamos hipócritas; é claro que não. Sabem por quê? Porque envelhecer não vale a pena, essa é a verdade. Não vale para você – e vocês mesmos acabaram de concordar comigo; não vale para sua família – que ganha um fardo a ser carregado indefinidamente; e não vale tampouco para a nossa sociedade. Foi justamente essa compaixão com os idosos que nos levou ao maior caos econômico da nossa história. Ao consentir que o número de velhos chegasse a cinquenta por cento da população total, obrigou-se a outra metade – nós, os não-idosos – a sustentar, com o preço da nossa juventude, um país inteiro. Por tudo isso, caros familiares, causa profunda admiração o ato grandioso que os parentes de vocês estão prestes a realizar. Ao se oferecem à partida voluntária, seu altruísmo e sua coragem, talvez as únicas virtudes que ainda conservam da juventude, devem ser celebrados por todos nós, e certamente, devem servir de inspiração para que façamos o mesmo quando atingirmos a idade zero.

Naquela manhã, Daren estava sentado a mais ou menos treze metros do púlpito de onde um orador justificava a existência nefasta dessa Casa. Eram seus primeiros dias usando óculos e Daren ainda não havia se acostumado a eles. Levou a mão direita aos óculos e os baixou até a cintura, na lateral do corpo; com os dedos da mão esquerda, usou o tecido de flanela da camisa para limpar, sem muita delicadeza e quase nenhuma paciência, a sujeira das lentes. A frequência com que se sujavam era irritante. Daren ergueu a cabeça e tornou a pousá-los no nariz arredondado, voltando a enxergar o orador no púlpito com nitidez.

A moldura grossa, o formato quadrado e o material fosco do acabamento estavam na moda entre os não-idosos. Contudo, antes que sua atenção estivesse de novo capturada pelo discurso que prosseguia, Daren sentiu a desconfortável sensação de que alguém o observava. Atraído instintivamente pelo magnetismo do rosto que o encarava, virou-se e encontrou os olhos de uma criança, de mais ou menos cinquenta e cinco ou cinquenta e seis anos restantes, sentada na fileira da frente, observando-o de maneira fixa. Tomada pelos pensamentos, não desviou o olhar quando ele a encarou.

Apesar do desconforto, Daren notou, depois de alguns segundos, que a tal menina o olhava, diretamente, nos olhos. Eram aqueles óculos que ela estava examinando. Os malditos óculos o faziam parecer mais velho. Ainda que a armação fosse grossa, que o formato fosse quadrado e o material fosco, ele sabia de antemão que os malditos óculos o fariam parecer mais velho. A menina, provavelmente, devia estar espreitando Daren desde o momento em que o orador afirmou que, com o passar do tempo, a visão se turva. Tal qual a dele.

– Neste exato momento, caros familiares – Continuou o orador, eloquente, após inflar os pulmões em busca do tom correto, se é que existia correção em seu discurso – seus velhos parentes estão ali dentro, nos Aposentos dos Sonhos, se preparando. Se por um lado toda despedida vem embalada em tristezas, por outro, nunca se esqueçam de que os voluntários da *Felix Mortem* fazem isso por vocês. O sacrifício deles garante a estabilidade das nossas vidas e, principalmente, a retomada do caminho para um mundo cada vez mais jovem. Portanto, eu peço que, assim que eles subirem aqui neste palco, para falar suas últimas palavras, palavras de despedida e abnegação, recebam seus velhos como verdadeiros mártires!

Muitas vezes os tons épicos são usados para disfarçar crueldades de proezas. Foi o que o orador tentou fazer, sem sucesso, antes de se afastar envaidecido do microfone e caminhar como se equilibrasse na cabeça uma caixa invisível contendo toda sua dignidade. Ele saiu por uma porta lateral e o bater dela despertou os bancos do salão, que emitiram uma breve série de gemidos, causados tanto pela madeira aliviada do peso de alguns familiares – que se levantaram imediatamente – quanto pelos pés dos bancos arranhando o piso de cerâmica. Com boa parte dos presentes agora de pé, Daren pôde observar que havia na cerimônia apenas duas famílias, de mais ou menos sete ou oito pessoas cada uma. Diferente das outras duas Casas de *Felix Mortem* que visitara neste mês, o lugar estava relativamente vazio. Porém, igual às outras duas Casas de *Felix Mortem* que conhecera, todos os presentes pareciam concordar integralmente com o discurso que acabaram de ouvir.

Enquanto aguardava a entrada dos idosos voluntários no palco, Daren se levantou e caminhou até o fundo do salão, onde havia dois tipos de chás e alguns pacotes de bolachas de água e sal para os presentes. Daren ainda pensava na criança enxerida, quando o copo de plástico vagabundo não suportou a temperatura do líquido e quase lhe queimou a mão. O susto espantou, de forma definitiva, qualquer pensamento. Ele segurou o copo pelas bordas com cuidado e se virou para o salão. Era enorme: duas fileiras paralelas de bancos, com capacidade para receber até uma centena de familiares, estavam alinhadas com tanta exatidão à frente e a um nível abaixo do palco, que pareciam reverenciar e acatar, voluntariamente, o que quer que fosse dito ali. A madeira escura dos móveis – os bancos, o púlpito em cima do palco, os detalhes nas paredes – davam uma aparência pesada ao ambiente, e toda essa combinação fazia do lugar algo entre uma igreja e um tribunal – ou a mistura perfeita dos dois. Logo cedo, quando as portas se abriam – as cerimônias começam às sete e meia precisamente –, as primeiras luzes do dia entravam pelas altas janelas laterais, dividindo o salão com faixas claras e escuras, como se fosse um tabuleiro de damas, quadriculado pela luz e a sombra. Ao longo da cerimônia, porém, a incidência ganhava força e seu movimento distorcia tudo o que havia no salão. As pernas dos móveis se duplicavam, os bancos se esticavam pelo chão e o púlpito se tornava, temerariamente, pontiagudo, ameaçando quem subisse ao palco pela porta lateral.

De repente, tudo se anuviou. No primeiro gole de chá, suas observações a respeito do lugar foram bruscamente interrompidas: o calor da bebida embaçou as lentes dos seus óculos desastrosos e inconvenientes. Teria de limpá-los mais uma vez.

As Casas de *Felix Mortem* estavam espalhadas por todo o país e seguiam uma mesma planta-baixa desde que foram instauradas. Ao lado do salão principal, um corredor de piso frio conectava uma recepção, quatro Aposentos dos Sonhos, uma minúscula copa e uma enfermaria. Não havia janelas em nenhum cômodo interior e as lâmpadas brancas se refletiam no piso. O funcionamento de uma Casa de *Felix Mortem* era simples: na recepção eram feitas as inscrições dos voluntários. Qualquer idoso, saudável ou não, ativo ou não, independente de sua classe social, raça ou origem, podia se inscrever. Não havia nenhum obstáculo para se voluntariar; bastava apenas indicar, no ato da inscrição, a data da cerimônia (mínimo de cinco dias, para preparação da Casa, e máximo de um mês), as medidas que vestia e a quem se destinaria o BCN, Bônus pelo Compromisso com a Nação. Para se voluntariar, não era necessário estar acompanhado ou atestar saúde mental. Tampouco havia taxas; mas o inscrito que desistisse da cerimônia era punido com seis anos de Débito Trabalhista, para pagar os custos da organização. Cumprida a função na recepção, era na copa e na enfermaria que os alimentos e as drogas usadas nas partidas voluntárias eram preparados.

Daren jogou o copo de plástico na lixeira sob a mesa de chá e, no caminho de volta para o seu lugar, pegou um panfleto sobre a *Felix Mortem*:

SEJA VOLUNTÁRIO, SEJA HERÓI

QUE MUNDO VOCÊ QUER DEIXAR PARA SEUS FILHOS E NETOS?
A *Felix Mortem* é fundamental para o reequilíbrio econômico do país. Com a população economicamente ativa em maior número, os gastos serão estabilizados e o país voltará a crescer. Podem partir tranquilos: os jovens honrarão seu sacrifício com muito trabalho e zero ócio.

BCN: SUA HERANÇA PARA QUEM VOCÊ AMA
O Bônus pelo Compromisso com a Nação é um direito da família. O BCN é um sinal de reconhecimento pelo seu ato heróico e uma importante herança para seus familiares.

Indique o nome do favorecido no ato da inscrição.

VIVA UMA EXPERIÊNCIA ÚNICA!
Nos Aposentos dos Sonhos, reencontre pessoas amadas, revisite lugares especiais e orgulhe-se de suas conquistas da juventude.

— Queria te pedir desculpas pela minha filha. — Uma voz feminina interrompeu a leitura de Daren. — Ela tem essa mania, fica reparando em tudo, em todo mundo. Já tentei falar que não é muito educado, mas sabe como é? As crianças, elas são o nosso futuro, né? A gente tem que deixar elas livres para fazerem o que quiser. — A mulher terminou a frase com um riso sem graça.

Daren assentiu com um movimento leve de cabeça, apesar de não ter mais certeza daquilo com que assentia.

— Você está aqui por parte de quem? Do Seu Vítor?
— Não, na verdade, não. — Ele respondeu, sem jeito.
— Ah, da outra velha então, né? — Antes que Daren pudesse discordar, a mulher continuou. — Foi uma luta convencer meu pai disso, sabe? Nossa, um aborrecimento. Ninguém aguentava mais. Primeiro, ele queria trabalhar, mas quem é que vai dar emprego para um homem na idade zero? Eu falei pra ele: 'Pai, a prioridade são os jovens', mas sabe como velho é, né? Eles não entendem, vão ficando cada vez mais teimosos. Depois, ele começou a dar um trabalho que você não imagina! Tinha que ter alguém com ele para tudo: comer, beber água, tomar os remédios. Até que, finalmente, ele foi aquietando, ia lá para o canto dele e ficava. Foi igual esse homem falou aí no

discurso: eles vão ficando que nem uma flor, murchando. É horrível, nossa, horrível. Chega a dar nojo. Não quero chegar nesse ponto, não. Da idade zero é direto para cá! Aliás, muito bonito o discurso, você não achou?

De novo, Daren não teve chances de responder, apesar que, diante dessa pergunta, preferia ocultar sua verdadeira opinião.

Então, foram interrompidos pelo rangido da porta lateral do palco. Ela se abriu de maneira brusca e todos voltaram, imediatamente, para os seus lugares. A mulher, de uns vinte e sete, vinte e oito anos restantes, voltou para a fileira da frente, sentou-se ao lado da filha, passando o braço por sobre seus ombros, e se virou em direção a Daren.

– Desculpa ela, tá? – A mulher sussurrou, apontando a cabeça em direção à menina.

– Não tem problema. – Daren respondeu, no mesmo tom. – Crianças... – Sorriu, balançando a cabeça de um lado para o outro, fingindo compreender que essa palavra, "crianças", continha em si toda justificativa necessária para qualquer que fosse a atitude que tivessem.

Então, passos se anunciaram pausadamente – era a indicação de que o primeiro voluntário estava prestes a surgir no palco. O silêncio deitou sobre o salão e os familiares esticaram, curiosos ou apreensivos, seus pescoços em direção à lateral do palco. A porta aberta, o som dos passos lentos se aproximando; a maioria das pessoas chegou a se levantar alguns centímetros da cadeira. Daren não foi contagiado por essa ansiedade que começava a abafar o salão; como não esperava ver nenhum rosto conhecido no palco, sua isenção emocional permitiu que observasse, até mesmo com certa tranquilidade, as reações que aquela tensão gerava. Dessa maneira, provavelmente, foi o único a perceber que apenas uma mulher, à sua esquerda, mais ao fundo, não erguia a cabeça como os demais. Pelo contrário: discretamente, ela levou um lenço aos olhos e depois à boca, como se sufocasse qualquer desconforto dentro de si. Na mão esquerda, com o braço cruzado sobre o ventre, ela segurava um panfleto amassado da *Felix Mortem*. Seu sofrimento era reservado e ela se esforçava para não chamar a atenção de ninguém ao redor. Até porque, mesmo que chamasse, nenhum presente estaria disposto a interromper o clímax do espetáculo tenebroso para pousar, gentilmente, uma mão em seu ombro ou oferecer um copo d'água a uma mulher que devia ter uns cinco anos restantes.

Quando finalmente entrou no palco, o idoso – que agora Daren sabia se chamar Vítor – fez com que os familiares suspirassem. Houve uma comoção alegre, preenchida com alguns risos e cochichos satisfeitos, que durou o tempo do idoso atravessar bravamente as sombras ameaçadoras que o púlpito estendia no chão e chegar ao microfone. O primeiro voluntário desta manhã vestia um paletó elegante, aparentemente novo, acinturado e cortado à moda atual, que combinava perfeitamente com a camisa e a calça, conjunto que lhe rejuvenescia uns dez anos. A atitude também surpreendia: o velho Vítor caminhava com a confiança de anos atrás e demonstrava ser impossível lhe arrancar o sorriso do rosto. Os cabelos estavam cortados e a barba feita; a pele recuperou o brilho e até o ar que ele expirava parecia renovado. A família à sua frente estava radiante: fazia muito tempo que não viam o idoso tão bem. A mãe da criança recebeu diversos abraços dos outros parentes; de onde estava, Daren pôde ouvir uma confidência feita ao ouvido dela: "Foi a melhor decisão que você tomou. Eu nunca vi ele tão bem assim!". A verdade é que a juventude excita e estavam todos excitados com a nova aparência de Seu Vítor. A única pessoa que não demonstrava empolgação era a menina, que observava aquele velho sem reconhecê-lo.

No ritual da partida voluntária, este era o ponto alto: o discurso de despedida dos idosos. Como essa era a terceira cerimônia de *Felix Mortem* que Daren participava, ele notou agora, ao longo das palavras de Seu Vítor, que todos aqueles discursos eram muito semelhantes. Não que devessem ser originais; na verdade, nem poderiam – ninguém esperava originalidade de alguém nessa fase da vida. Mas eram sempre palavras de resignação, nostalgia e de uma estranha satisfação. Seguiam, também, basicamente, um mesmo roteiro: recordavam momentos vividos na juventude, discorriam sobre as aventuras e as inesquecíveis vantagens da pouca idade, e encerravam-se lamentosos por terem perdido tudo isso no correr dos anos. Nas entrelinhas, o sermão era o mesmo: nada é pior que o envelhecer. Mas como todos os presentes eram conscientes disso, a mensagem ficava não dita, palavras esquecidas entre as rugas de quem falava.

Seu Vítor discursou por menos de dez minutos. Durante a fala, relembrou a infância rodada em cima de uma bicicleta, contou sobre o primeiro emprego e até descreveu, com alguns detalhes picantes, sua primeira vez com uma mulher, constrangendo e arrancando gargalhadas de toda a família. O idoso também comentou, cheio de carinho, suas melhores recordações com a filha Carmen – então esse era o nome da mulher – e com a neta Marcela.

Enquanto escutava as histórias do velho, Daren se lembrou de um ditado que ouvira no ônibus: "Quem fala muito do passado tem pouco futuro pela frente". Verdade: o passado era uma constante nas conversas entre idosos. Para eles, rememorar era um hábito cotidiano, como tomar banho e se alimentar. Entre os não-idosos, por outro lado, falar do passado era um sinal de idade tão revelador quanto uma ruga. Todos evitavam esse assunto.

Contudo, surgia uma incoerência quando esses dois comportamentos se encontravam – Daren a observava enquanto Seu Vítor encaminhava o discurso para o final: em todas as cerimônias de *Felix Mortem* que participara, ao menos um familiar não-idoso chorou após ouvir suas próprias histórias passadas. Juliana, que agora enxugava as lágrimas, era um exemplo disso. Talvez o passado não seja tão excitante quanto a juventude, mas conforta; é um porto seguro da nossa identidade.

Depois que se despediu, Seu Vítor deixou o palco e logo foi substituído por uma idosa, a voluntária da segunda família presente. À parte sua apresentação rejuvenescida e sorridente, com roupas novas e um aspecto saudável, não houve nenhuma surpresa tampouco em seu discurso quanto na reação da sua família. Em algum momento da fala da idosa, Daren se pegou divagando sobre o trabalho que tinha para fazer naquele dia e, por pouco, não se levantou para deixar o salão. Mas, por educação e respeito aos familiares – por mais que ali o respeito fosse um valor totalmente relativo –, aguardou conforme indicavam as normas da Casa e só se levantou no momento que era cabido: quando os voluntários já estivessem terminantemente alojados nos Aposentos dos Sonhos e as famílias pudessem assinar, com olhos marejados de alívio ou culpa, o recibo de pagamento do BCN. Foi nesse momento que ele a viu.

◆

Devia ter uns quarenta anos restantes. Seus cabelos eram longos, cacheados e tinha a pele mais escura que a sua. Usava duas bolsas a tiracolo e, apesar de tentar, ao máximo, disfarçar seus movimentos, Daren percebeu que as enchia com os pacotes de bolacha de água e sal da mesa do café.

Emocionados, os familiares deixavam a cerimônia sem notar a presença da menina. Apenas Daren a viu. Estranhou flagrar um não-idoso roubando comida, afinal só os velhos passavam fome. Ele tentou se aproximar dela, mas não conseguiu se desvencilhar do fluxo de pessoas rumo à saída. No momento em que passava pela porta, se virou uma última vez e sentiu o incômodo de cruzar olhares com uma pessoa pega em flagrante. Ele se desconcertou; ela sorriu.

Era nisso que Daren pensava enquanto percorria, a caminho do trabalho, a avenida Faria Lima, tumultuosa lá pelas dez da manhã, mas vazia naquele horário. Chegaria mais cedo que o previsto no escritório – por ter apenas dois voluntários, a cerimônia durou menos tempo que o esperado – e por isso desacelerou o passo. Os altos prédios espelhados das companhias de cosméticos, que o deserto da manhã parecia tornar mais extensos, possuíam um aspecto ainda mais frio naquele horário; ouvia-se um coral desencontrado de ruídos urbanos: o motor de um carro, um ônibus deixando seu ponto, a porta de ferro de um bar sendo enrolada; traficantes e falsários, encostados nos postes de luz, bocejavam preguiçosos, pois ainda não tinham para quem oferecer certidões de nascimento e registros de identificação adulterados; sob o toldo de uma lanchonete fechada, um mendigo idoso, em meio aos papelões, esfregava os olhos como se fossem eles, e não o estômago, a acusar a fome; na recepção dos prédios, as moças uniformizadas ainda finalizavam seus coques impecáveis, e em um decadente restaurante de luxo, a copeira borrifava essência de lavanda sobre a mesa; o lixo jogado na sarjeta estremecia ao sopro do vento daquela manhã, assim como as pontas dos cartazes mal colados que anunciavam a mais recente novidade: a reversão da idade celular – "Você nos seus melhores anos", eles prometiam, enquanto no muro ao lado uma pixação gritava: VIGÍLIA; de uma clínica popular de cirurgia plástica, cuja fachada estampava uma foto de três mulheres – avó, filha e neta, exibindo corpos absolutamente sensuais e semelhantes, apesar da diferença de idade entre elas –, um paciente com dois curativos brancos no rosto, um em cada têmpora, saía sorridente e satisfeito, enquanto na esquina dois policiais despejavam na viatura uma idosa algemada, provavelmente, detida por Crime de Ócio. Sempre que fazia aquele trajeto, Daren tinha o costume de se demorar um pouco mais em frente a um outdoor específico, o ponto mais caro do inventário de publicidade do país, que constantemente apresentava um anúncio cujo texto era assinado por ele. "Linhas de expressão: a pior impressão que você pode causar.", dizia o título hoje, criado para o novo lançamento da marca de produtos de beleza para a qual Daren trabalhava. Seguindo na avenida, poucos metros à frente, um painel digital marcava as horas – nove horas e quatorze minutos – e a data do dia de hoje – 28 de agosto do ano 6. Diante dele, o passeio de Daren chegou ao fim.

A nova grafia dos anos foi uma das primeiras leis a entrar em vigor depois de implementada a Política Hebeísta. A norma dizia que toda e qualquer publicação, governamental ou não, assim como toda referência à data, fosse em um registro jornalístico, institucional ou particular, deveria seguir as novas regras estabelecidas tanto para os anos correntes quanto para os passados e os por vir:

- A compreensão dos anos se limita, e se faz suficiente, a dez: ano 0, ano 1, ano 2 e assim por diante, até o ano 9;
- Em casos de necessidade, a qual deverá ser aprovada pelo governo, poderá, com restrições, ser utilizada uma referência numérica de um dígito condizente à década. Por exemplo: 19 de dezembro do ano 3 da década 5;
- Em casos de necessidade extrema, exceções que devem ser previamente aprovadas pelo governo, poderá acrescentar-se à estrutura do item anterior, logo após a década, uma referência numérica de um dígito condizente ao século e ao milênio. Por exemplo: 19 de dezembro do ano 3 da década 5 do século 1 do milênio 2.
- A não utilização da nova norma gramatical para grafia dos anos, em qualquer hipótese, tem como pena o fechamento ou recolhimento da publicação e dez anos de Débito Trabalhista.

Aos olhos de Daren, não havia nada de estranho com a grafia do ano corrente, afinal ele é de uma geração posterior à Política Hebeísta e cresceu sob o regime de suas leis. Contar os anos de zero a nove lhe era tão natural quanto ter prioridade de atendimento em bancos e hospitais, abono de passagens no transporte público e mais uma série de privilégios por ser um não-idoso. Nunca havia passado pela sua cabeça que detalhes tão banais, tão cotidianos, como a grafia do ano ou a fila dos jovens no supermercado pudessem, algum dia, ter sido diferentes.

Portanto, o ano 6 não foi o que contraiu o coração de Daren em uma pausa breve e gelada. 28 de agosto: essas eram as informações que preenchiam as lacunas destinadas ao dia e ao mês na certidão de nascimento que o registrou. Não era surpresa – Daren sabia bem que dia era hoje –, mas deparar-se com a data de aniversário era considerado um mau-agouro pela maioria da população. Mesmo para aqueles que não acreditavam na superstição, como era o caso de Daren, ninguém gostava de ser lembrado de que está envelhecendo. 28 de agosto. Finalmente, chegou.

Daren deu as costas ao painel digital, virou a esquina e seguiu cabisbaixo em seu trajeto. Desde que entrou no mês em que completaria trinta anos restantes, vinha se sentindo assim. Passou em frente a uma loja de uma grande rede de cosméticos e cruzou uma vitrine que estampava uma série de cartazes enormes, com jovens de aparência perfeita, corpos vigorosos e extremamente sensuais. Estavam todos sorrindo, afinal eram jovens: belos, fortes, livres e *sexies*. Não havia motivos para se lamentar. Seria então melancolia? Talvez. Fardos do envelhecer. Mas Daren sabia que estava diferente.

Em um primeiro momento, acreditou que tudo ao seu redor é que estava diferente; na ingenuidade de sua juventude, não percebeu que o que tinha mudado era ele. Aquele caminho, por exemplo, o mesmo percorrido há anos, a mesma avenida Luís Carlos Lima, os mesmos prédios espelhados, os mesmos sons urbanos, os mendigos e as recepcionistas de sempre, de repente era estranho. Chegou a pensar que aquilo era culpa dos malditos óculos, que lhe propiciavam uma sensação incômoda de ver tudo mais nítido. Mas, naquela manhã, dia 28 de agosto, ele sabia que não era nada disso. Estava envelhecendo. Desde que passara a frequentar as cerimônias de *Felix Mortem*, Daren se fazia a mesma pergunta: qual o sentido de envelhecer em um mundo que despreza a velhice?

A HISTÓRIA DE PERDIGUEIRO

urante uma fuga, o odor que o corpo exala é forte. Naquela caçada, especialmente, parecia ser ainda mais.

    O cheiro era como uma sombra; mesmo que fosse possível correr sem deixar pegadas, ainda que os galhos não estalassem sob seus pés, e que limpasse todas as manchas de sangue que marcavam as folhas mais ásperas pelo caminho, aquele fedor, aquele cheiro acre, duplamente mais forte que o normal, denunciaria-o aonde quer que se escondesse. Estava perfumado de medo e esse rastro inconfundível era fatal em uma caçada.

Naquele amanhecer, o animal em fuga ainda levava na boca o gosto da melancia que devorava quando foi avistado pelo menino. A fruta era boa, enorme, madura, e ele estava há dias sem comer. É assim: para a fome, sempre vale o risco. Enquanto corria, desesperado, não calculava se a melancia era uma armadilha, se o menino estava de tocaia ou se foi uma azarada coincidência. Nada disso, afinal, tinha importância; durante uma fuga, a mente se ocupa de sobreviver. Era o que fazia a iminente presa, abrindo picada com o próprio corpo frágil e rezando para que suas pernas aguentassem, enquanto ainda sentia na boca o gosto doce da fruta.

Do outro lado, não era o primeiro que o menino caçava. Emboscadas como essas e capturas como a que estava prestes a realizar faziam parte da rotina da criança. Perdigueiro era o melhor Cão da sua idade. Ninguém da mesma faixa etária – e até mesmo acima – caçava velhos tão bem quanto ele. Perseguia suas presas com faro canino; movia-se em silêncio, camuflando sua pele escura nas sombras das árvores; seus gestos eram precisos, exatos, nenhum músculo se contraía ou distendia mais ou menos do que o necessário. Era assustador. Seu rigor corporal e a determinação com que atravessava a mata atrás da presa eram terrivelmente militarizados para um menino de apenas cinquenta e dois anos restantes. Por isso o apelido, Perdigueiro. Sua postura aguda apontava para o velho como se possuísse um focinho; seu corpo era inteiro vigilante. Perdigueiro: era assim que o pai chamava-o – e era assim que ele adorava ser chamado pelo pai.

O pequeno Cão tinha controle absoluto da caçada. O menino aprendera inúmeras técnicas de rastreio, o que tornava possível antever os movimentos da caça. Poderia, inclusive, ter capturado a presa na corrida, sem prolongar a situação. Mas não; o menino preferia deixar que ela se cansasse bastante durante a fuga; quanto mais cansada, menor a resistência no momento de derrubá-la com o bote. Dessa forma, ele apenas a seguia, tão natural e imbatível na perseguição quanto uma sombra, quanto aquele cheiro que o velho exalava. "Eu sou um Cão e você é minha presa", repetia para si mesmo, concentrado. "Eu sou um Cão e você é minha presa". Nada poderia pará-lo.

A presa, metros à frente, resistia com bravura. Correu muito mais do que achou que poderia aguentar. Não que ela estivesse tão despreparada; vive em alerta qualquer marginalizado de qualquer sociedade. Mas aguentou bastante. Ao todo, a fuga durou pouco mais de dez minutos e as marcas que ela deixava eram evidências claras de sua bravura: por serem usados para desviar galhos e folhas do caminhos, seus antebraços sangravam em inúmeros arranhões; a camisa, que há anos deixara de ser nova, estava inteiramente rasgada, assim como a calça imunda, já em retalhos; seus joelhos e pés estavam inchados e latejavam. Mas isso importava? Não. Porque ele ainda estava vivo. O ar ainda entrava em suas narinas, o pulmão ainda inflava o peito e o coração ainda bombeava seu sangue pelas veias. Tudo isso era indício de vida, o que realmente importa. Até mesmo a sede e a fome, nesses momentos, são provas relativamente tranquilizadoras da sobrevivência.

Em um breve instante de respiro, ocorreu ao idoso que, finalmente, não ouvia mais os passos de seu perseguidor. Conseguiu despistá-lo? Olhou para trás e constatou que estava aparentemente sozinho. Ainda não era um alívio completo; mas, de alguma forma, era um descanso. Havia corrido o máximo que pôde em direção ao interior da mata – quanto mais fechada, mais difícil de atravessar, porém mais fácil de se esconder – e a ideia dava sinais de ter funcionado. Apoiou a mão em um tronco de uma árvore e checou novamente o seu entorno. Os raios do sol, ao cruzar a copa das árvores mais altas, pareciam estacas de luz cravadas na mata; no chão escuro, cobrindo toda sua extensão, uma infinidade de folhas derrotadas; não ventava e o calor era maçante, poucos insetos e um número ainda menor de pássaros ousavam se lamentar. O idoso precisava recobrar o fôlego. Inspirou o ar com força e, ao soltá-lo, deixou a cabeça cair. Em sua nuca, uma gota de suor desfaleceu lentamente. Seus cabelos grisalhos estavam completamente empapados. Enquanto respirava, sentiu seu próprio cheiro imundo. Nunca, em sessenta e sete anos de vida, precisou tanto de um banho quanto agora. Assim que se livrasse dessa, iria -

Não houve tempo de concluir o plano.

Perdigueiro saltou sobre a presa dando-lhe uma pancada na parte posterior da cabeça. O velho caiu já desfalecido.

◆

– Pai! – O menino gritava, alongando a vogal "a" por alguns segundos antes de ser interrompido pelo próprio sorriso. – Vem cá ver, pai!

Uma estrada de terra ligava a porteira da fazenda até a sua sede. Eram, aproximadamente, quinhentos metros de chão, margeados por uma área de plantio, à esquerda de quem entra, e um pomar, à direita, que nessa época costumava emanar um intenso perfume de goiaba. O menino vinha conduzindo o idoso como um peão que toca o gado pelo pasto, e dessa forma já tinham cruzado mais da metade do caminho. Desde a entrada, quando passou a corrente na porteira e a prendeu com o cadeado, Perdigueiro chamava, aos berros, pelo pai. Estava animado, mal podia conter o entusiasmo: mesmo com o rosto coberto de lama – um truque de camuflagem que usava –, a alegria não conseguia se disfarçar. Tinha os olhos tão travessos que, não fosse pelo idoso que caminhava à sua frente com as mãos e os pés atados com rigidez militar, realmente pareceria um menino de cinquenta e dois anos restantes. Mentalmente, repassava todos os detalhes da caçada para contar ao pai: como escolheu o lugar onde preparou a armadilha; como farejou a aproximação do velho; como deixou que ele corresse até se cansar; e como se entocaiou em um arbusto antes de dar o bote fatal. Foi perfeito! Fez tudo conforme o pai lhe ensinara. Ele iria gostar de ouvir, iria lhe dar os parabéns. Quando abrisse a porta e desse de cara com o velho, iria soltar uma gargalhada e repetir várias vezes: "Perdigueiro, não tem Cão melhor do que você!". Em sua ingenuidade respingada de expectativas, o menino olhou para trás para checar a distância que estavam da porteira: aqueles quinhentos metros nunca pareceram tão longos quanto agora.

Ainda não passava das dez da manhã e o sol estava às costas de quem vinha da porteira. Dessa maneira, na estrada de terra, o velho e o menino eram conduzidos pelas próprias sombras. Se Perdigueiro ansiava pelo reconhecimento do pai, o longo espectro preto agarrado aos pés do idoso dava a impressão de ser a própria morte o guiando para o fim. Sua cabeça doía muito e ele tinha certeza, apesar de não poder constatar, que ela sangrava no local onde recebera a pancada. "Eu sou um Cão e você é minha presa", o menino lhe disse quando recobrou os sentidos, já completamente amarrado. Presos atrás das costas, seus punhos ardiam por causa da fricção da corda com a pele; devia estar em carne viva. Nos pés, o nó estava um pouco mais frouxo, mas ainda assim limitava bastante seus movimentos. Os passos curtos eram só acelerados quando o menino o empurrava, com pressa de chegar. O único alívio que o idoso tinha em sua via sacra era aquele cheiro de goiaba delicioso que vinha do pomar.

– Pai! Vem cá ver, pai!

O idoso vinha o caminho inteiro de cabeça baixa, completamente rendido. Sabia que estava prestes a morrer: uma vez pego pela Milícia, não havia como escapar. Foi capturado por um Cão – crianças usadas para farejar e perseguir idosos –, seria entregue a um Raposa – quem eliminava, de fato, a presa –, e seu corpo seria levado para um Jiboia, como evidência da eliminação, em troca do pagamento. Os Tubarões eram os responsáveis pelo sumiço do corpo e a hierarquia miliciana seguia rigidamente até os Falcões, pessoas infiltradas no governo que cumpriam ordens não-oficiais de redução do número de idosos na sociedade.

Apesar de ter sua atuação concentrada nas zonas agrícolas e industriais, a Milícia surgiu na periferia dos Centros Urbanos, derivada do sentimento de vingança de muitos não-idosos que resistiam em aceitar a incumbência de sustentar a parcela economicamente não-ativa da população. As queixas, que inicialmente se materializavam em protestos, culminaram em uma lógica matemática pavorosa: se o problema é que há velhos demais, basta subtraí-los.

Os primeiros assassinatos causaram enorme reverberação. A maioria das pessoas se chocou com a crueldade, surgiram teorias da conspiração, a mídia explorou o fato o quanto pôde. Mas a pressão por investigações policiais não resistiu ao anúncio de uma nova descoberta cosmética e minguou depois da notícia de um casal de jovens celebridades assumirem o namoro. As mortes continuaram e, em pouco tempo, acabaram ganhando apoio de não-idosos frustrados. Com o silêncio dos resignados e a permissividade do governo, a Milícia se estruturou e passou a agir sem maiores problemas.

É fácil compreender o surgimento de um grupo miliciano: em um estado de falência social, a violência se perpetua. Nesse mundo, roubava-se com a justificativa da fome, matava-se com a justificativa da superpopulação e estuprava-se pela necessidade de novas crianças. Ao contrário do amor, é muito fácil justificar o ódio.

Caminhando de cabeça baixa, rendido, o idoso se lembrava de todas as histórias cruéis que ouvira sobre a Milícia. Por isso, nada do que acontecia agora, apesar de assustador, lhe causava espanto. O mundo, simplesmente, não era um lugar seguro para velhos.

Chegaram, enfim, à sede da fazenda. O menino gritou seu pai mais duas vezes antes de chutar a parte posterior das pernas do idoso, obrigando-o a se ajoelhar. Perdigueiro se afastou alguns passos e o idoso se viu diante de uma escada de três degraus, feita de tábuas de madeira, que levava à porta principal da casa. Vindos lá de dentro, ouviu sons de um móvel sendo arrastado pelo chão, um tilintar de vidro e os passos duros de alguém se aproximando. Ainda sem levantar a cabeça, reparou que o menino tinha um canivete nas mãos e fazia alguma marca em uma das colunas de madeira que sustentavam a cobertura da varanda frontal da sede. Enquanto ouvia o volume dos passos de seu carrasco aumentarem gradualmente, o idoso ainda reparou que a casa se mantinha em um precário estado de conservação. O chão estava imundo e as paredes, além de manchadas de todo tipo de sujeira, estavam descascadas; em uma das janelas, uma rachadura no vidro parecia desenhar uma teia de aranha enorme; trincos cruzavam toda a extensão da fachada, impossível saber se eles se originavam no chão ou no teto; onde havia madeira, havia também caruncho; e os degraus da escada à sua frente estavam completamente desnivelados. Parecia que tudo naquela casa era carente de cuidados, ele pensou – e minutos mais tarde, no instante anterior à sua morte, o idoso voltaria a este mesmo pensamento, acrescentando à lista de reparos o menino que o capturou. Ainda ouviu latidos de dois ou três cachorros antes da porta da casa se abrir em um estrondo.

– Perdigueiro! Eu já falei para você não me chamar de – O homem não completou a frase.

Ao abrir a porta, deparou-se com um velho ajoelhado diante da escada. Este era o melhor presente que poderia ganhar na vida.

Perdigueiro correu para o lado do idoso. A expectativa pela reação do pai desenhou um enorme sorriso em seu rosto.

– Mais um, pai. – O menino falou, orgulhoso e contente. Se tivesse um rabo, certamente estaria balançando de um lado para o outro.

Ainda sem cruzar o portal, o homem deu um passo atrás e esticou a mão para pegar algo ao lado da porta. Quando finalmente saiu, trazia em uma das mãos uma garrafa de aguardente já pela metade e, na outra, uma carabina, que dava uma impressão espantosa de ser o objeto mais bem cuidado de toda aquela propriedade. O homem deu alguns passos tortuosos pela varanda e desceu as escadas cambaleando – o idoso não conseguia entender o que mais afetava aquele andar: se era o desnível dos degraus ou a bebedeira. O menino, ao lado do idoso, vibrava, tamanha a euforia. O homem entregou a garrafa para Perdigueiro e se aproximou do velho, como se analisasse um troféu. Com a mão livre, testou a força com que as cordas imobilizavam as mãos e os pés da presa. Uma vez testadas, fez um bico que Perdigueiro reconhecia e ansiosamente aguardava: o lábio inferior cobria o superior e ele balançava a cabeça levemente para cima e para baixo; era o sinal de que estava satisfeito. Depois, o pai levou seu asqueroso dedo indicador – cheio de cicatrizes cobrindo a pele clara, com uma unha amarelada e imunda, carcomida por algum tipo de fungo – até a cabeça do idoso e pressionou, sem nenhum cuidado, o inchaço que circundava o corte. Ouviu-se então um gemido agoniado de dor. O homem, que achava graça em cada gesto que fazia, esticou a mão em direção a Perdigueiro, pegou de volta a garrafa de aguardente, e derramou um pouco do líquido sobre o corte. De novo o idoso reagiu imediatamente à dor que lhe era causada; mas dessa vez, não conseguiu segurar o grito.

– É para não infeccionar, seu inútil! – O homem rosnou, depois de ouvir o grito do velho.

Em seguida, tomou um gole da bebida.

– Velho é tudo burro. – Concluiu, antes de soltar uma gargalhada tão ruidosa que parecia ter o propósito de alertar a todos os idosos do mundo o que se passava ali.

Perdigueiro assistia a tudo com a mesma atenção com a qual uma criança assiste a um desenho animado. Vendo o pai rir, também começou a rir, e aquele momento, até então, certamente, foi um dos mais felizes de sua vida. O homem estava feliz e ele, Perdigueiro, era o responsável por tal felicidade. Lado a lado, riam relaxadamente diante da dor de um idoso. Uma bela foto de família.

Essa felicidade, porém, durou só até o pai tomar outro gole, levantar a garrafa e arremessá-la com raiva e sem nenhum motivo aparente em direção à estrada. O gesto foi tão brusco, tão repentino, que Perdigueiro levou um susto, engoliu seco e retomou a postura militar diante do pai.

— Perdigueiro — O pai começou, e o tom com que seu nome soou fez o menino repassar todos os detalhes da caça procurando qual teria sido o erro que cometera. — Presta atenção. — O homem estava com a fala mansa e as palavras tropicavam em sua língua antes de sair.

Perdigueiro, por outro lado, estava rígido, pronto para enumerar as técnicas que usou na captura e na amarração do velho; pronto para contar como o trouxe praticamente o arrastando até a sede; pronto para tentar segurar o choro se mais uma vez o pai erguesse a mão para lhe acertar o rosto. Mas nada disso foi preciso.

— Não tem Cão melhor do que você! — O pai falou.

O menino soltou o ar, aliviado e contente: era um elogio que esperava há tempos.

Enquanto carregava a carabina, o homem completou, deixando escapar no riso um raro traço de orgulho:

— Eles que te aguardem, Perdigueiro! Eles que te aguardem! Você vai ser um Raposa danado! Danado!

Vai ser melhor até do que eu! Tá me ouvindo, Perdigueiro?

Perdigueiro estava em ebulição. O elogio inédito lhe causou uma comoção tão grande que mal podia decifrar tudo o que estava sentindo. Tanto que, ali, diante do homem com a carabina em punho, que ameaçava covarde e cruelmente um idoso de mãos atadas, que ria do medo e da dor de um ser humano indefeso, que tirava a vida de alguém mais frágil em troca de dinheiro, Perdigueiro não enxergava nele um animal nocivo e sórdido. Aquele homem era o seu pai, agindo como todo pai, provavelmente, deveria agir, trabalhando para trazer comida para casa, e gerando nele esse sentimento incrível que gostaria de sentir todos os dias.

Sem olhar para o menino, o homem ordenou que ele entrasse e fosse se lavar; sem olhar para o idoso, Perdigueiro correu até a escada e pulou dois degraus, como se a ordem fosse para entrar no paraíso; sem olhar nem para o menino nem para o homem, o idoso aguardava em silêncio seu desfecho inevitável.

Na área de serviço atrás da casa, Perdigueiro tinha a cabeça mergulhada dentro do tanque e tentava se livrar, com a ajuda de uma barra de sabão, de toda a lama do seu rosto. Imerso também na própria imaginação do que seria sua vida como um Raposa, não ouviu o som do tiro que espantou as aves do pomar.

Na frente da casa, em uma das colunas de madeira que sustentavam a varanda, havia oito traços feitos com um canivete.

OITO
SEMANAS

Q

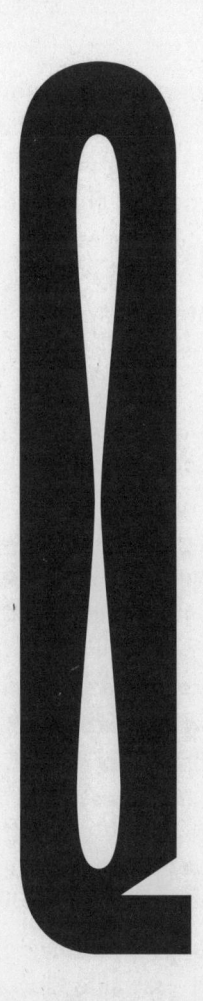

uando atingiu a idade zero, Piedade começou a escrever um diário. Era pura rebeldia.

> *"A lâmpada era amarela e fraca. Mas me permitia ver quanta escuridão havia dentro da cabana."*

Piedade se lembrava do tempo em que usava cremes anti-idade, hidratava a pele escura duas vezes ao dia, conforme as orientações da esteticista, e se mantinha atualizada sobre os últimos lançamentos das marcas de cosméticos. Em algum momento do passado, chegou até mesmo a consertar algumas imperfeições: em uma promoção de fim de ano, comprou de uma clínica popular uma blefaroplastia por conta da flacidez das pálpebras, que já a incomodava, e quando completou vinte e cinco anos restantes se presenteou com uma série de aplicações de botox, na testa e ao redor dos olhos. De tudo que havia de imperfeito nos rumos que a sociedade tomava então, chegava a ser cômico que as rugas e as pálpebras fossem as únicas a serem corrigidas.

> *"Mesmo assim, a lâmpada incomodava meus olhos. Eu estava deitada em uma cama pequena, podia sentir as molas nas minhas costas. Minha barriga estava, precisamente, embaixo da lâmpada pênsil. Levantei a mão para proteger meus olhos e reparei nas minhas manchas de idade. Pintinhas escuras, algumas maiores, outras menores. Estão surgindo por toda parte nas costas das minhas mãos."*

Quem a viu naquela noite, corajosa e suja, deitada na cama de acampamento depois de ser encontrada sozinha na mata, não poderia imaginar que essa mesma mulher, um dia, tivesse sido tão vaidosa.

– Alguma coisa? – Uma voz fraca e calma perguntou.

> *"O teto não tinha forro e a cobertura não aguentaria uma pancada mais forte de chuva."*

Piedade baixou o braço e pousou as mãos sobre o peito. Com os olhos no teto, balançou negativamente a cabeça para a anciã que a examinava.

– Também não.

A barriga de Piedade estava descoberta e era apalpada por dedos enrugados e curvados pela artrite, mas, ainda assim, precisos. Quem a examinava era uma mulher muito velha, octogenária ou nonagenária, nem a própria saberia dizer.

> *"Ela tinha a respiração pesada. Os pulmões chiavam o tempo todo, como se fossem apitos. Seus cabelos tinham a cor daqueles sorvetes de creme de antigamente e estavam presos com um rabo de cavalo. Sua pele era muito branca e enrugada, e suas bochechas vestiam os ossos do rosto como se fosse uma roupa bem justa. Ela não enxergava. Me examinava com os olhos fixos na parede, azul-acinzentados pela catarata avançada."*

Aquela não era a primeira pergunta que a anciã fazia à Piedade, mas como os questionamentos vinham muito espaçados, sempre que ela perguntava alguma coisa, dava a impressão de ser, enfim, o início de uma conversa que nunca chegava. O silêncio, normalmente, não incomodava Piedade, mas o silêncio compartilhado com desconhecidos, sim.

Não estavam sozinhas naquela espécie de quarto: aos pés da cama, encostada na parede de sapê, de braços cruzados sobre o ventre, uma outra idosa observava cada gesto da anciã. Tinha por volta de setenta anos – Piedade ainda contava a idade à maneira antiga – e mantinha os olhos arregalados, atentos, como se quisesse decorar o trajeto dos dedos na barriga da paciente. Do outro lado, junto à porta mal-feita de tábuas largas, uma outra idosa segurava uma botija de alumínio bastante amassada, aguardando a hora de servir. Enquanto a próxima pergunta não vinha, o som baixo de um motor ligado, que mais tarde Piedade descobriu ser de um gerador pequeno e muito antigo, tomava o quarto.

– Sabe onde está, Piedade? – A anciã falou, depois de, finalmente, repousar as mãos sobre os próprios joelhos, indicando que o exame já havia terminado.

– Não.

Piedade levantou um pouco as costas para fechar a camisa e cobrir a barriga e o peito.

– E como chegou aqui, você lembra? – A anciã perguntou, com um tom de voz muito tranquilo e sem olhar diretamente para sua interlocutora.

– Não sei, não, senhora.

Com um gesto quase imperceptível, a anciã indicou para a idosa que segurava a botija que servisse a visitante. Imediatamente, a mulher se aproximou de Piedade e lhe entregou um copo d'água.

"*Mas, apesar de frágil, ela era um tipo de autoridade. Dava a impressão de coordenar, de alguma forma, tudo o que acontecia ali.*"

– Lembro só que eu estava na mata, indo para uma fazenda. Aí... não sei, senti uma fraqueza. – Piedade apanhou o copo d'água que lhe foi servido. – Obrigada, minha senhora. Tudo ficou escuro, eu senti que ia desmaiar.

– Bebe, filha, bebe. – As palavras da anciã tinham sorrisos próprios. Ela esperou Piedade matar a sede antes de continuar. – Você é tão senhora quanto eu e ela, minha filha. Hoje, depois dos sessenta e cinco, todo mundo é velho. Então trate de chamar a todos de você.

Piedade tomou toda a água de uma só vez. Depois, sorriu.

— Encontramos você na mata, desmaiada. Você acordou algumas vezes enquanto a gente te trazia pra cá. Em uma delas me falou seu nome, mas estava muito fraca. Onde te achamos, dava para ver que tinha vomitado. — A anciã relatou.

Piedade tornou a deitar a cabeça. A idosa da botija se aproximou, apanhou o copo de suas mãos e voltou para sua posição inicial junto à porta.

— Há quanto tempo você não come nada direito, com sustância? — A anciã perguntou.

— Quatro. Quatro ou cinco dias.

A anciã assentiu. Calou-se por alguns segundos antes de continuar.

— Estamos em um Território Escuro. Você sabe o que é um Território Escuro?

— Um lugar onde os bichos se escondem? — A ironia de Piedade era cortante.

Com a população concentrada nas cidades e nas zonas agrícolas e industriais, todo território restante era inabitado. Coberto por diferentes tipos de biomas ao longo de sua extensão, eram os únicos lugares onde os idosos conseguiam um pouco do que podiam chamar de paz. Nos centros urbanos, eles viviam como indigentes e corriam o risco de serem presos por Crime de Ócio; já nas zonas rurais e industriais era onde a Milícia agia. Dessa forma, os chamados Territórios Escuros se tornaram cenários de fuga e acampamentos de idosos. Portanto, de certa forma, sim, Piedade tinha razão.

— Temos uma comunidade de idosos aqui. Você está segura agora. — A anciã a tranquilizou.

Piedade sorriu de lábios fechados. Mesmo que a anciã não pudesse enxergar sua boca, sabia que ela estava sorrindo e, por isso, retribuiu.

— Quantos anos tem, Piedade?

— Sessenta e cinco, a idade zero.

— Zero por que chegou ao fim ou por que ainda vai começar? — Dessa vez, foi a anciã quem brincou.

— Escuta — Piedade então falou, depois de compactuarem os sorrisos. — Eu preciso ir.

— Você precisa comer, minha filha. Está na hora do nosso jantar, por que você não passa essa noite aqui com a gente?

"Eu nunca fui boa companhia. Minha vida sempre foi sozinha, ainda mais agora. Então eu neguei. Uma, duas, três vezes. Mas ela tinha um jeito tão doce em sua autoridade que, por fim, eu decidi ficar."

Piedade se sentou na cama e levantou os olhos. Já previa o que estava prestes a ouvir.

— Se você não quiser comer por você, coma pelo filho que está carregando.

A idosa aos pés da cama arregalou ainda mais os olhos; junto à porta, a outra idosa quase deixou a botija de alumínio cair. Piedade e a anciã, porém, de frente uma para a outra, se mantiveram firmes e sérias. Para a primeira, a revelação não era nenhuma novidade; Piedade não tinha dúvidas de que estava grávida. O problema é que a anciã, além de perceber que Piedade já sabia do fato, também compreendeu o que ela pensava a respeito.

"Eu não me importo."

♦

"Eu só fui entender onde estava quando eu saí. Devia ser por volta de umas seis, sete da noite. A porta era feita de tábuas e era preciso prendê-la com um pedaço de arame no portal. O barro da parede não tinha uma cor definida e me demorei um pouco olhando para os detalhes do sapê. Era vergonha. Imaginei que estariam todos olhando para mim. Todo mundo devia estar querendo saber quem era a idosa grávida. Mas, quando não dava mais para fingir interesse por um mero pedaço de parede e me virei, ninguém sequer levantou a cabeça. Havia mais de dez idosos no grupo, todos ocupados em sobreviver."

A pequena comunidade de idosos que resgatou Piedade se estabeleceu em uma clareira de, aproximadamente, seis mil metros quadrados. O local era cercado por mata fechada, que lhes garantia uma relativa segurança, e ficava a quase dois quilômetros a oeste de um generoso rio, fornecedor do item mais fundamental para sua sobrevivência. O rio marcava a fronteira daquele Território Escuro com uma Zona Agrícola e mais ao sul corria paralelo a uma estrada de terra pouco utilizada.

Partindo da clareira em direção a oeste, um morro íngreme se agigantava; ao norte, a mata ficava ainda mais fechada; portanto, pelo menos por esses lados, a geografia oferecia uma boa proteção. Os únicos acessos à comunidade eram por duas trilhas, uma vindo do riacho e a outra da estrada de terra, que se encontravam em um determinado ponto da mata e seguiam como uma só, serpenteando até a clareira.

Quem entrasse na comunidade por essa trilha, seria recebido por duas hortas pequenas, mas muito bem cultivadas. Alguns metros mais adiante, quatro troncos de árvores deitados formavam um meio círculo e, no centro dele, algumas pedras delimitavam onde a fogueira era acesa todas as noites. Poucos metros atrás dos troncos, espalhadas sem nenhuma ordem aparente, quatro barracas de acampamento montadas. Elas estavam imundas e possuíam inúmeros remendos, mas ainda eram capazes de abrigar duas pessoas cada uma. Atrás de uma delas, a uma distância de uns dez metros ao sul, havia uma pequena cruz de madeira cravada na terra. Mais ao fundo, ao norte, uma estrutura baixa de madeira e zinco abrigava algumas ferramentas, uma bacia e dois baldes, caixas de papelão e uma bicicleta tão velha quanto os moradores daquela comunidade. Por fim, um pouco mais distante da fogueira e ladeado pelas barracas, um casebre de sapê. Foi dele que Piedade saiu quando começou anoitecer.

"O grupo estava reunido em torno da fogueira. Ela queimava alguns galhos, esquentava o mingau de milho, fervia a água dos legumes e, por que não?, também espantava desesperanças. Todo sobrevivente sabe a importância do fogo. Não havia estrelas no céu e a lua também não apareceu – com essa onda de violência da Milícia, até os seres mais velhos do universo decidiram se esconder. Estávamos em treze naquela noite, apesar de eu só contar doze – depois fiquei sabendo que eles faziam um revezamento para que um sempre vigiasse a trilha. Mas, apesar de numerosos, o silêncio predominava tanto quanto a noite. Até o homem que mexia o mingau cumpria essa tarefa sem deixar escapar nenhum tilintar da colher com a panela. Apenas o

fogo, soberano na escuridão daquelas almas, tinha coragem de soltar alguns estalos e assobios."

A mesma senhora que mais cedo serviu água para Piedade agora distribuía os pratos e talheres. Os utensílios não tinham nenhuma uniformidade: eram de plástico, de metal, coloridos, alguns tinham desenhos infantis, em outros a pintura não resistiu; a única característica comum a todos é que estavam bem desgastados.

— Bom apetite. — A senhora disse, simpática, ao oferecer o prato e a colher para Piedade.

Piedade sorriu em agradecimento e percebeu que, antes de se afastar, a senhora olhou de relance para sua barriga.

A outra idosa, que ficou ao pé da cama enquanto Piedade era examinada, colocava seus olhos arregalados ora na visitante, ora na anciã, que nessa noite sentava-se ao lado da recém-chegada, em uma das pontas do meio-círculo.

— Pronto. — Sussurrou o idoso que cozinhava.

Em seguida, apanhou um prato, serviu nele uma porção de mingau e outra de legumes, cobriu-o com um pano de prato e o deixou em um banco de madeira, próximo ao fogo.

A anciã reclinou o tronco lentamente, como se um ímã a atraísse à Piedade.

— O primeiro a ser servido é quem está de guarda. — Ela explicou, em um cochicho. — Hoje é a Dona Janine. — Completou.

Era um dom que impressionava Piedade: mesmo com a visão levada pela catarata, a anciã era capaz de acompanhar tudo o que se passava ali. Será que o grupo está há tanto tempo junto que ela conhece tão bem cada um ali? Será que nesta comunidade tudo é tão rígido, tão estabelecido, que é fácil saber o que vai acontecer durante todo o jantar? Ou ela é tipo um morcego, com a visão ruim, mas a audição especialmente desenvolvida? Perdida em sua tentativa de encontrar uma explicação para a habilidade fora do comum da anciã, Piedade mal conseguiu responder; apenas balançou a cabeça positivamente.

Depois de retirada a porção destinada a quem vigiava a trilha, o grupo começou a se levantar para servir. Piedade decidiu aguardar; esperaria que todos se servissem primeiro antes de levar seu prato ao fogo. Estava sem graça e com muita fome; sem perceber, batia o calcanhar esquerdo repetidamente no chão.

Pernas nervosas. Era uma mania antiga, mal conseguia controlar. Nos tempos em que dava aulas, sempre que se sentava, fosse para fazer a chamada ou aplicar provas, batia o calcanhar no chão. Certa vez, durante um intervalo, Piedade flagrou uma aluna a imitando: a menina arrancava risada dos colegas que, àquela altura, formavam uma roda em torno dela. Ao se surpreenderem com a presença da professora, a roda se desfez imediatamente e a menina, sem saída, ficou prostrada na cadeira destinada aos professores. Estava tão nervosa que, quem a visse longe, poderia jurar que a garota havia congelado, não fosse por um detalhe: ela batia o calcanhar tão forte no chão que deixava a imitação ainda mais parecida com a original. Ao contrário do que os alunos esperavam, a professora teve um acesso de riso e foi preciso deixar a sala para se acalmar.

Sem precisar dos olhos para notar aquele sinal de ansiedade, a anciã pousou a mão sobre joelho de

Piedade. Com um gesto delicado e eficiente, calou afetuosamente sua perna.

A idosa de olhos arregalados se aproximou. Trazia nas mãos um prato já servido e o ofereceu à anciã. Com sorriso discreto, mas bastante carinhoso, a anciã agradeceu, pegou o prato e o repassou para Piedade.

– Vocês estão aqui faz muito tempo, não é? – Piedade perguntou à anciã, em voz baixa, depois de lhe agradecer.

– Por que você acha isso? – A anciã replicou, interessada nas ruminiscências da visitante.

– Parece que você sabe tudo o que vai acontecer aqui. – Piedade lançou a suposição que considerava mais provável.

A anciã deixou escapar um riso orgulhoso.

– A velhice tem seus segredos, minha filha.

Então, levantou os braços e esticou as mãos um segundo antes da idosa de olhos arregalados lhe oferecer outro prato. Deve ter feito isso com um certo orgulho, justamente, para impressionar ainda mais Piedade.

– Eles estão curiosos para saber quem você é. Devia se apresentar. – A anciã falou depois de dar sua primeira colherada.

Diante do pedido, Piedade experimentou, depois de décadas, o mesmo nervosismo que teve ao entrar em uma sala de aula pela primeira vez como professora. Apresentar-se a um grupo conciso fazia com que ela se sentisse uma intrusa, alguém que quebraria a ordem natural vigente naquela comunidade – fosse ela uma turma de crianças na escola, fosse ela um grupo de idosos refugiados no meio da mata.

Levantou os olhos do prato e os observou. Ao redor da fogueira, jantando, alguns comiam em silêncio;

outros, conversavam em sussurros – eram assuntos banais, mas qualquer banalidade sussurrada parece se fantasiar de intimidade. Não poderia simplesmente se levantar, pedir a atenção de todos, dizer seu nome e contar há quantos dias estava sóbria – velhice era uma espécie de sobriedade nos tempos atuais. Sem se levantar, mas com a cabeça erguida, Piedade não conseguiu pensar em nada diferente do que disse.

– Obrigada. – Ela falou, ainda em um volume baixo, mas que todos pudessem ouvi-la.

– Obrigada pela comida. Eu... – Piedade gaguejou em sua sinceridade. – Eu estava com muita fome.

Mais uma vez a anciã estava certa: estavam curiosos para conhecer a visitante. Bastou uma palavra de Piedade para que quebrassem qualquer cerimônia e se voltassem inteiramente para ela. Alguns responderam o agradecimento com um aceno de cabeça gentil; outros, com sorrisos singelos; todos olhavam para ela como um grupo de crianças diante de uma nova professora.

– Por que você está com essa roupa? – Uma senhora, de cabelos raspados, questionou.

A pergunta foi tão inesperada e súbita que arrancou o riso de todos, inclusive de Piedade. Quando se deu conta que sua risada tinha ultrapassado o volume permitido, cobriu a boca com a mão.

"Definitivamente, não era essa a primeira pergunta que eu esperava. Que perguntassem como eu cheguei aqui, como sobrevivi sozinha até agora, se alguma vez precisei fugir da Milícia... Enfim, esperava qualquer pergunta relacionada à nossa existência reduzida ao estado de um animal. Mas não. Por causa da pergunta relacionada à minha

*roupa, simpatizei com a mulher. Ela fez com que
eu me sentisse humana de novo."*

Piedade coibiu a graça e passou os dedos pelo tecido grosseiro da calça que vestia. Assim que atingiam a idade zero, os agora oficialmente idosos eram obrigados a se retirar dos empregos que ocupavam e ceder sua vaga a um não-idoso. Essa era uma prioridade social como qualquer outra: da cadeira vaga no ônibus à fila no mercado, como eram os jovens que sustentavam a nação, eram eles que mereciam cuidados especiais. A questão da moradia era ainda mais trágica: ao serem deslocados para uma zona industrial ou agrícola no interior, como boa parte da população, os não-idosos recebiam uma vaga nos alojamentos dessas zonas; depois que alcançavam a idade zero, perdiam o posto e a vaga e, quando retornavam para suas casas nos Centros Urbanos, elas tinham sido confiscadas e oferecidas, pelo governo, em programas oficiais de moradias para jovens. Foi o que aconteceu com Piedade.

— Eu não quero parecer velha. — Ela disse para a idosa de cabeça raspada.

A resposta de Piedade ficou suspensa no ar por alguns segundos. Houve quem levantasse os olhos do prato e analisasse, com desconfiança, a aparência da visitante. Outros tentaram disfarçar o fato de não terem sido convencidos — afinal, ela era tão velha quanto eles e a roupa não convencia ninguém do contrário. A idosa de cabeça raspada balançou a cabeça negativamente e, rindo, falou:

— Bem-vinda ao clube, mocinha.

Mais uma vez, todos gargalharam — controlando, ao máximo, o volume de suas risadas. Se a anciã tinha o dom de enxergar sem olhos, a idosa de cabelos raspados tinha o talento de amenizar qualquer situação.

Piedade também riu, mas recuperou a seriedade ao se explicar.

– Não é por vaidade. É por sobrevivência.

"No meu último dia na fábrica onde fui designada a passar o resto da minha vida – vida economicamente ativa, que é o que vale hoje em dia – eu cheguei pela manhã já com o plano. Quando você é admitido em uma fábrica, ganha um par de uniformes completos: duas calças de brim marrons, duas camisas de gabardine beges, dois blusões jeans e dois pares de botas de borracha. Os dois uniformes devem ser devolvidos à fábrica no dia da retirada dos idosos, para que sejam entregues a quem vier para o seu lugar. Essa é a regra e todo mundo tem que passar por isso. Eu, no último dia, quando entrei no vestiário, abri a mochila de uma funcionária que tomava banho e roubei o uniforme dela. Na saída, entreguei o que me era devido e saí, sem que ninguém percebesse, vestindo um uniforme por baixo das minhas roupas."

– Andar de uniforme, eu acho, pode me ajudar a escapar da Milícia. – Piedade continuou. – Podem me confundir com um não-idoso mais perto da idade zero. Nunca se sabe quando um Cão vai aparecer, não é? – Ela se justificou antes de dar suas primeiras colheradas e se lembrar do quanto era gostosa uma refeição quente.

Os idosos compreenderam o raciocínio de Piedade e, pelo balançar positivo de cabeças, demonstraram aprovar o plano.

— E com o que você trabalhava? — Uma outra idosa, com um dos lados do rosto paralisado, perguntou.

— Em uma fábrica de tecidos. Chamava VesteNovo.

"Não é porque a gente desaparece do mundo que o mundo desaparece. É um engano comum quando a gente fala do passado."

— Na verdade, ainda chama. — Corrigiu-se. — Eu operava uma máquina de trama. — Minha função era cuidar para que nenhuma agulha emaranhasse os fios. — Piedade fez uma pausa e passou o indicador direito por uma infinidade de cicatrizes nas pontas dos dedos da mão esquerda, que segurava a colher. — A máquina tinha dez mil agulhas...

Levantou os olhos. O grupo a encarava em silêncio. O clima havia mudado; estavam sérios.

O deslocamento para as fábricas ou campos de agricultura era um passado comum a qualquer idoso. Todos ali acumulavam suas perdas e suas humilhações, recordavam-se de seus martírios e seus horrores. Falar sobre esse período acordava as dores de suas cicatrizes. Por isso, assim que terminou de descrever a máquina, Piedade implorou, em seu íntimo, para que a idosa de cabelos raspados tivesse mais alguma piada na manga.

— Eu estava perguntando o que você fazia antes do TranMat. — A idosa do rosto paralisado retificou, rindo da confusão. — Vamos falar do passado! A gente é velho, é isso que os velhos fazem, não é o que dizem?

Piedade sorriu, tanto por achar graça naquele sarcasmo tão afetuoso quanto por se sentir aliviada, pois aquela pergunta desanuviou a noite. Desejou que algum traço em seu rosto pudesse demonstrar qualquer sinal de sua gratidão à sua interlocutora.

– Eu era historiadora. Quer dizer, acho que ainda sou. Estudei por muito tempo a diáspora do povo hauçá. Mas minha paixão mesmo era dar aulas. Dava aula para crianças. Só que... – Piedade sorriu, retribuindo o sarcasmo. – digamos que essa matéria caiu em desuso atualmente.

Todos em volta do fogo acharam graça: estudar História hoje em dia era um ato tão revolucionário quanto comemorar um aniversário.

– E algum período da história já foi tão perturbador quanto o nosso? – A anciã, que até agora tinha ficado calada, perguntou.

Apesar do tom tranquilo da sua voz, a pergunta calou toda a roda. Piedade não sabia dizer se o silêncio era um sinal de reverência à anciã ou de apreensão por sua resposta.

– Você acha mesmo perturbador? É a melhor época para ser uma mulher negra. – Piedade falou, com um tom de ironia tão refinado que levou alguns segundos para que o grupo gargalhasse.

Os defensores da Política Hebeísta costumavam utilizar, além dos números que evidenciavam a crise e a ligavam diretamente à alta porcentagem da população não economicamente-ativa, o argumento de que nunca antes na história uma sociedade tinha sido tão igualitária quanto agora. Não havia diferenças entre brancos e negros, ricos e pobres, homens e mulheres, católicos, muçulmanos e umbandistas – todos eram iguais e possuíam os mesmo privilégios, direitos e deveres. Contanto que não fosse velho, qualquer um era aceito.

Foi preciso que o cozinheiro, gesticulando os braços descoordenadamente, alertasse a todos sobre o barulho – e até esse chamar de atenção foi engraçado.

De alguma forma, mesmo escondidos mata adentro, fugindo da Milícia, convivendo com o medo e o terror, aquela era a noite mais agradável e reconfortante que Piedade tinha há anos.

Até que uma pergunta estraçalhou o ambiente.

– Você faz graça porque ainda dá para esconder a barriga.

"Quando você se torna um sobrevivente, aprende a analisar o risco de tudo: de beber água diretamente do rio, de tirar os sapatos para dormir, de invadir o pomar de uma fazenda. Então, qualquer decisão é tomada somente depois de uma negociação interna: isso vale o risco? Beber a água vale o risco dela estar contaminada? Ter um mínimo conforto de tirar os sapatos antes de dormir vale o risco de ter de fugir descalço se algo acontecer? Conseguir algumas frutas, e quem sabe uma galinha, vale o risco de ser pego pela Milícia? A raiva que minha chegada despertou naquela senhora era motivada por uma simples negociação como essa. Por mais que eu fosse um braço extra para ajudar no dia a dia, valia o risco de ter um bebê chorando por perto?"

Uma idosa muito magra, de cabelos ainda escuros, se levantou bruscamente. Ela se aproximou de uma bacia que havia sido colocada perto do fogo e jogou seu prato ali dentro. Em seguida, deu passos pesados em direção à barraca.

A roda se calou imediatamente. Alguns idosos a encaravam, outros baixaram a cabeça. Mas nenhum teve coragem de intervir. A não ser a anciã.

– O que foi, Eliane?

A pergunta impediu a idosa de se afastar.

Sem se virar, com o rosto inclinado levemente para baixo, Eliane forçou o maxilar algumas vezes antes de responder.

— Ela está grávida, Dona Joana. Todo mundo sabe que você descobriu que ela está grávida.

Mesmo dentro do volume permitido, a intensidade daquelas palavras e a raiva com que foram ditas faziam com que Eliane vociferasse.

Da fogueira, soaram dois estalos; o pio cadenciado de uma coruja, ou seria de um urutau?, pulsava distante; um farfalhar de folhas era a resposta das árvores mais altas ao vento. Na mata, só a clareira parecia prender sua respiração.

— O que isso importa agora? — Dona Joana, a anciã, replicou sem alterar seu tom de voz.

Com o peso da raiva nos pés, Eliane se aproximou de onde estavam sentadas a anciã e a acusada.

— Importa porque a gente não tem como carregar uma grávida se a Milícia chegar aqui! Importa porque a gente não tem condição de fazer um parto! Importa porque um bebê chora, grita, esperneia! E não há quem se esconda assim.

Todos os idosos tinham parado de comer — com exceção de Piedade. Sua fome era maior que aquela discussão.

Eliane se dobrou para que seu rosto ficasse muito próximo ao de Dona Joana.

— Se a gente deixar essa mulher ficar aqui, todo mundo morre, mais cedo ou mais tarde!

A promotora não tinha medo de encarar o juiz nem a ré. Piedade, porém, não se intimidava; continuava comendo.

— Sente-se, Eliane. — Pediu Dona Joana e, com um gesto simples, conseguiu que o idoso ao seu lado se afastasse, abrindo o espaço apropriado para que seu pedido fosse atendido.

— Eu não vou me sentar, Dona Joana. — Novamente ereta, Eliane balançava a cabeça, raivosa. — Dessa vez você não vai conseguir.

— Conseguir o que, Eliane?

— Me dobrar, Dona Joana! Dessa vez o que você está fazendo é loucura! É insanidade! Você está ficando...

Eliane se calou de repente. Um lampejo de bom senso a fez engolir a última ofensa.

Mas a anciã parecia imune àquelas queixas. Estava inalterada, calma, e sua voz saía com a mesma tranquilidade e firmeza de sempre.

— Termine a frase, Eliane. Fale o que você quer falar.

Eliane baixou os olhos.

— Nada.

— Gagá? Eu estou ficando gagá? Era o que você ia dizer? — Dona Joana se adiantou.

Eliane levantou a cabeça e encarou Piedade com rancor.

"Era como se o fogo não estivesse mais no centro da roda, mas sim nos olhos da mulher."

— Olha a confusão que já virou e o bebê ainda nem nasceu. — Eliane falou em voz baixa, sem adereçar sua frase a ninguém.

A anciã se levantou. Dentro de sua autoridade, este movimento era tão significativo que o sorriso debochado de Piedade passou despercebido a todos.

— Eliane. — Dona Joana falava agora com uma rigidez definitiva. — Amanhã nós vamos deliberar sobre isso. Hoje, o que nossa convidada precisa é de uma boa refeição e de uma cama para dormir. Se alguém aqui se recusa a oferecer comida a um idoso com fome, se alguém se recusa a oferecer abrigo a um idoso cansado de fugir, significa que nós nos tornamos iguais a eles. E aí nada disso aqui faz sentido.

Dona Joana tinha controle absoluto sobre cada palavra que saía de sua boca. Eliane, por outro lado, travava seus lábios com uma força imensa, para que nada mais escapasse entre eles.

– A partir do momento que fechamos os olhos para as necessidades de um idoso, estamos matando a nós mesmos. – Dona Joana concluiu.

Da fogueira, soaram mais alguns estalos; o farfalhar de folhas continuou; o pio de uma coruja, ou seria de um urutau?, ainda pulsava distante. Mas a clareira, agora, embrenhada na mata, expirou o ar aliviada.

Eliane deu as costas para a anciã e olhou para o resto do grupo.

– Eu aposto que não sou só eu que penso assim, Dona Joana. – Afirmou, com segurança e intimidação. – Mas tudo bem, que ela fique essa noite. Enquanto não tiver nenhum bebê chorando de madrugada, menos pior.

Ela deixou a roda com passos que mais lembravam carimbos de um cartório, atestando duplamente e com firma reconhecida tudo o que tinha dito.

Por alguns instantes, ninguém se moveu. Nenhum idoso queria correr o risco de parecer dar apoio à Eliane. Ou à Dona Joana.

O fogo, que ainda queimava galhos, esquentava o mingau de milho e fervia a água dos legumes, já não espantava nenhuma desesperança. Não havia estrelas no céu e a lua também não apareceu; com a recente explosão de violência, até os seres mais velhos do universo decidiram se esconder. Os idosos terminaram sua refeição em profundo silêncio.

> *"Apesar de tudo, apesar dela ter acabado com uma noite tão gostosa, apesar da grosseria com que ela agiu e do tom em que ela falou, eu concordava 100% com a Eliane."*

em camisa, Daren se esforçava para manter a coluna ereta como sempre se cobrava para fazer no trabalho, mas nunca fazia. As costas da mão esquerda estavam deitadas na coxa enquanto o manguito do esfigmomanômetro pressionava, sem folgas, os músculos do braço. A temperatura fria do diafragma do estetoscópio refrescava a dobra do cotovelo. À sua frente, de cabeça baixa, concentrado nas múltiplas pequenas tarefas que aquele exame rotineiro exigia – controlar a entrada e a saída de ar com a bomba na mão esquerda; manter o diafragma na posição correta usando o indicador e o dedo médio da direita; contar os batimentos que chegam pelos fones de ouvido; não perder de vista os movimentos do ponteiro no mostrador –, o médico aferia sua pressão. Com olhares discretos e fugidios através das lentes de seus óculos, Daren o observava cuidadosamente e, antes mesmo de descer da maca, concluiu que o doutor materializava toda a contradição da sociedade atual.

O primeiro detalhe que notou foram os cabelos: eram muito pretos e volumosos; no couro cabeludo, eles brotavam perfeitamente alinhados, como se seguissem um projeto de paisagismo. Alguns fios pendiam sobre a testa magistralmente lisa, envernizada, livre de rugas ou qualquer marca de expressão. As sobrancelhas, tão negras quanto os cabelos, formavam dois arcos lapidados com primor que despontavam sobre um nariz impecável, comparável aos narizes das celebridades exibidas nas páginas da revista que Daren folheara, minutos antes, na sala de espera. As bochechas haviam sido niveladas por bichectomia e os lábios restaurados com preenchimento. Era projeto de rosto, magistralmente, planejado e executado.

A contradição observada por Daren, contudo, era que nada disso, nenhum daqueles ajustes, nenhum dos detalhes trabalhados com tanto esmero, conseguia disfarçar em que estágio da vida o médico se encontrava. Depois de pedir para que Daren tirasse a camisa e se sentasse na maca, o doutor se levantou e levou às mãos à lombar, emitindo um breve gemido de dor; seu aproximar do paciente foi lento e suas costas, em nenhum momento, superaram uma leve curvatura; para acompanhar o ponteiro do aparelho de pressão, se fez valer de um segundo óculos, diferente daquele que usava quando sentado à sua mesa. Com tudo isso, apesar do rosto aparentar cinco, dez anos mais novo, Daren sabia que o médico estava próximo da idade zero. O tempo, afinal, não se disfarça.

– Ok. Agora os pulmões. – O médico disse, retirando em seguida o manguito do braço de Daren.

Daren se virou na maca para que o médico colocasse o diafragma do estetoscópio em suas costas.

– Respira bem fundo... e solta. De novo.

Enquanto seus pulmões eram auscultados, Daren deixou sua mente ociosa perambular pelo consultório. Passava das duas da tarde. A luz da tarde cruzava a persiana e fatiava, em inúmeras camadas, a maior parte da sala. Retalhada em faixas de luz e de sombra, a estante de livros revelava sua obsessão: ÓRGÃOS ARTIFICIAIS: *Teoria e prática sobre a substituição de órgãos naturais obsoletos*; REJUVENESCIMENTO PELAS CÉLULAS-TRONCO: *Injeções de células-tronco na recuperação de tecidos danificados*; NANORROBÔS: *Como a imunologia automatizada pode atrasar o envelhecimento*. Não havia diplomas na parede nem fotos de família – nada que trazia o risco de lembrar ao passado que era bem-vindo; na lateral, um relógio marcava as horas com dez minutos de atraso – será que o médico tinha a ilusão de que é possível atrasar o tempo?; sobre a mesa, mais um bloco de folhetos da *Felix Mortem*; mais próximo do médico, dois pequenos bustos: o primeiro era uma figura masculina, com a barba cheia e cabelos apenas nas laterais da cabeça, com um tecido passado sobre os ombros e uma pequena placa que o identificava como Hipócrates; o segundo era uma figura feminina, muito nova, com ares divinos, banhada pela água que cai de um pote, e uma pequena placa com quatro letras apenas: H – E – B – E.

– Muito bem. Pode vestir a camisa e se sentar aqui. – O médico se afastou, guardou o estetoscópio no bolso do jaleco e apontou uma cadeira para Daren, sem perceber que interrompera sua divagação.

Daren obedeceu. O médico emitiu um breve gemido de dor ao se sentar do outro lado da mesa. Daren reparou que, fatiados pela luz do sol que atravessava a persiana, os movimentos do doutor davam a impressão de estarem em câmera lenta sob aquele feito.

– Daren, é isso? – Confirmou, pragmático.

Com um gesto de cabeça, Daren consentiu, mas teve a impressão de que o médico não esperava uma resposta.

– Mora aqui na cidade mesmo?

Daren confirmou outra vez – e, de novo, achou desnecessário. O médico nem ao menos levantou a cabeça da ficha de papel.

– Sua consulta vai ser reembolsada pela Puer, é isso? Puer Cosméticos?

Finalmente, o médico levantou a cabeça e encarou Daren esperando uma confirmação. Estava surpreso.

O plano governamental para a recuperação da produção nacional levou o mercado a se voltar para as indústrias de base e de bens de consumo. Mineradoras e metalúrgicas, têxtil e de alimentos: elas representam a quase totalidade das atividades. Neste movimento, porém, a indústria de ponta foi abandonada e nenhuma nova tecnologia surgiu. Com exceção, é claro, dos avanços no mercado de cosméticos.

Produtos de beleza, tratamentos de rejuvenescimento, academias e clínicas de cirurgia plástica, mesmo representando uma porcentagem baixa no número total de atividades, concentravam o poder econômico do país. As ruas dos centros urbanos estavam tomadas de produtos e serviços cosméticos: eram extremamente populares as cirurgias plásticas express, dietas extremas e academias especializadas em treinos anti-idade, por exemplo. O setor adquirira tanta força que influenciava, diretamente, as decisões do governo.

A Puer Cosméticos era a mais rica de todas as companhias de cosméticos. Sua marca era amada pelos consumidores, seus lançamentos eram aguardados e uma vaga de emprego ali era o sonho de qualquer profissional. A empresa tinha a fama de pagar bem e tratar com luxos e mimos seus colaboradores. Eram tantos benefícios que estes viviam em uma bolha social: das janelas espelhadas do seu prédio alto, das salas de massagem e de seus refeitórios comandados por chefes renomados, era difícil enxergar a violência do mundo lá embaixo. Daren trabalhava na Puer há onze anos e estava acostumado à vida confortável que a companhia lhe proporcionava. Justamente por isso não sabia explicar como sua bolha estourou.

– Que maravilha. Deve ser bom trabalhar lá, hein? – O médico disse enquanto trocava o segundo óculos pelo primeiro.

– É, sim. Acho que é. – Daren estava confuso demais para demonstrar uma falsa empolgação.

– O que você faz? Como é a rotina lá dentro? – O médico já estava com a cabeça baixa de novo. Ele pegou uma caneta bonita, dourada, e apoiou a ponta na ficha.

Depois de respirar profunda e lentamente, Daren inclinou o tronco para frente e apoiou os cotovelos nos braços da cadeira. Seus olhos estavam baixos, fixos em um ponto qualquer da mesa.

— A equipe de produto inventa qualquer coisa para tirar rugas ou crescer cabelo, qualquer coisa assim, leva para o pessoal do marketing, que decide que aquilo é lançamento do ano, aí negocia a grana de mídia com o pessoal de produção, quanto cada um vai ter, depois me pedem uma ideia super original, dessas que ganham prêmios, vem o pessoal do jurídico, me passa todas as restrições midiáticas: porque não pode ter velho, não pode ter citação a velhos, se eu quiser usar um velho precisa ser um ator não-idoso fantasiado de velho, aí depois disso eu escrevo a palavra "novo" na frente do nome do produto, todos acham ótimo, e pronto.

O descaso com que Daren descreveu sua rotina obrigou o médico a levantar novamente a cabeça e encará-lo.

— Muita gente queria estar no seu lugar, meu jovem. — Disse, em tom de reprimenda.

Os dois se olham por alguns instantes antes do médico continuar.

— Fez aniversário recentemente. Trinta anos restantes, é isso?

Dessa vez, Daren se absteve de confirmar. Mas justamente dessa vez, o médico queria que ele confirmasse.

— Sabe quantos anos eu tenho?

Daren negou com a cabeça, movimento que o obrigou a ajustar os óculos no nariz. Mas como o médico não o olhava diretamente, decidiu expor em voz alta.

— Não.

— Três. Três belos anos restantes.

Pela primeira vez, o médico sorriu para Daren.

— Sinto muito, eu não tinha percebido. — Mentiu.

— Não sinta. São três anos ainda para eu fazer o que quiser. E depois, quando chegar à idade zero, vou cumprir o meu papel com a nação. – O médico indicou com os olhos os folhetos da *Felix Mortem*. – Dá para entender o que você está sentindo, meu jovem.

Quando chegou ao consultório, o médico pediu que Daren lhe contasse o que o trazia ali. Começou com as palpitações; elas apareciam de repente. Depois veio uma dor no peito, como se houvesse um peso sobre ele. Então vieram as crises de falta de ar: sem mais nem menos ficava ofegante, com dificuldade para respirar. Ah, e tinha algo estranho: nos últimos dias vinha tentando se lembrar da sua infância, mas não conseguia.

– Você está com sintomas de crise de ansiedade. Como seu aniversário é recente, eu lamento, pode ter sido isso que desencadeou a crise. Você tem mais passado que futuro pela frente, não é o que dizem? – O médico brincou. – Alguma coisa na sua rotina mudou?

Daren se lembrou das três visitas que fez às Casas de *Felix Mortem* nos últimos tempos: os discursos iniciais, os velhos revigorados entrando no palco, as famílias orgulhosas, os depoimentos lamentosos sobre o envelhecer. E aquela jovem roubando comida.

– Não. – Mentiu pela segunda vez naquela tarde.

– Pois bem. É... Daren, não é? – O médico conferiu a ficha sem esperar uma confirmação do paciente. Então tirou os óculos e levantou a cabeça. – É. Você sabe por que o corpo envelhece?

O envelhecimento é um processo natural. Ao longo do tempo, o corpo vai simplesmente se deteriorando. É igual a um carro ou uma geladeira. Só que ao invés de enferrujar, o que acontece no corpo, por exemplo, é que vamos perdendo o colágeno da pele, a cartilagem dos ossos, os melanócitos, que dão cor aos cabelos. As células vão ficando velhas, os órgãos vão ficando fracos. Aos poucos vão deixando de cumprir suas funções: dirigir, imunizar, respirar. Isso vai acontecendo lentamente ao longo da vida até que um dia o motor não pega mais.

– A sorte é que hoje em dia tem muita gente buscando saídas para impedir que isso aconteça, não é mesmo? – O médico terminou assim sua explicação.

Um dos problemas de se ignorar o passado é acreditar que tudo que é novo também é consequentemente original. A busca pelo retardamento do processo de deterioração corporal podia estar em seu auge tecnológico, mas não era exclusiva daquele tempo. O médico ignorava, por exemplo, os franceses do século XIX que tentaram permanecer jovens usando injeções feitas a partir de testículos animais, e os africanos do Egito, que mumificavam seus corpos na tentativa de preservar a vida.

– Eu posso te indicar alguns tratamentos, Daren. Não para a crise de ansiedade, mas para você se sentir mais novo. Curando um, resolve o outro.

A primeira indicação foram injeções de telomerase.

– Isso é fácil de encontrar, em qualquer esquina você faz. – O médico falou.

Essas injeções impedem que as células envelheçam. Isso porque, a cada divisão celular, os cromossomos podem ser rompidos; uma vez danificadas, as células ficam mais velhas. Com doses periódicas de telomerase, isso não acontece.

– Já usou aquelas pílulas de fome? – O médico perguntou.

Como Daren não conhecia, era a sua segunda indicação. Uma vez que o corpo humano se depara com uma restrição de calorias, ele entra em estado de alerta. Como medida de proteção, ele descarta proteínas danificadas e protege as células de radicais livres, que são células mais fortes – e, portanto, mais resistentes ao envelhecimento.

Ao longo de dez minutos, o médico indicou cinco diferentes tratamentos antienvelhecimento, como esses, para Daren. Terminou dizendo que, uma vez reembolsado pela Puer, Daren poderia recorrer a todos, se quisesse.

Mas Daren não queria nada daquilo. O que lhe dava palpitações, o que lhe causava dor no peito, o que lhe tirava o ar durante as crises de ansiedade, não era o fato de estar envelhecendo. Adquirir consciência do mundo e seu papel nele é que era o problema.

– Você não pode só me receitar um calmante? – Daren pediu em voz baixa.

O médico deu de ombros.

– Bom, você que sabe. – Então, pegou o receituário e começou a escrever. – Mas só um calmante não vai te ajudar. Eu vou te receitar Endopamizol e Serotonax. São as drogas usadas na *Felix Mortem*. Já ouviu falar?

Ao longo da cerimônia de *Felix Mortem*, o idoso voluntário experimentava os efeitos de três tipos de drogas. Quando ele subia ao palco com aquela confiança inquebrável, com o ar renovado e a autoestima que arrancava suspiros de admiração dos familiares, estava sob efeito do Endopamizol, uma combinação de endorfina com dopamina que, quando aplicado diretamente na veia, desperta uma sensação de tranquilidade e muita confiança. Por isso, em seus depoimentos, eles eram seguros em afirmar que aquela decisão era a melhor para si, para a família e para o país.

De volta ao Aposento dos Sonhos, o idoso voluntário recebia uma dose Serotonax, uma droga alucinógena capaz de fazer seu usuário, quando estimulado, reviver as sensações de prazer vividas nos principais momentos de sua vida. Mesmo em uma sociedade que rechaçou o passado, na hora da morte, era ele que justificava a vida.

Por fim, imersos em algum lugar da memória e embriagados de confiança, os idosos voluntários recebiam a terceira droga, que encerrava as atividades vitais do seu velho corpo.

– Eu não vejo a hora de tomar as minhas logo. – Concluiu o médico, sorridente.

Daren se levantou, dobrou a receita ao meio, guardou no bolso da camisa e se dirigiu à saída.

– Você está pensando demais, meu jovem. – O médico ainda falou.

Parado diante da porta, Daren se virou para ele. A luz do sol, através da persiana, agora fatiava-o em inúmeras camadas.

– Ah, e sobre tentar se lembrar da infância: dizem que antigamente a gente tinha essa habilidade. Mas memória de longo prazo é igual o terceiro molar: como a gente foi deixando de usar, foi desaparecendo. Então esquece! Ninguém quer lembrar do passado. – O médico riu. – Você devia aproveitar a idade, sair de casa, beber com os amigos, transar. Faz uma plástica!

◆

Daren enfiou a chave na fechadura e abriu a porta de casa. Trazia o saquinho de papel pardo da farmácia em uma das mãos e na outra uma garrafa de bebida. Jogado por baixo da porta, um envelope branco com letras douradas o aguardava próximo ao tapete. Daren abriu: era um convite para uma festa da empresa. Ele foi o vencedor do maior prêmio da indústria e seria homenageado pela companhia.

    Através das letras douradas daquele convite, Daren se deu conta de que, naquele mundo doente, ele não só estava longe da cura, mas também era um agente transmissor.

fazenda em que Perdigueiro vivia com o pai possuía trinta e quatro hectares e, perdido entre tantos papéis inúteis dentro de uma gaveta que jamais era aberta, um Registro de Produção Ativa, uma das primeiras normas do TranMat.

Uma sociedade não se fragmenta da noite para o dia. É um processo longo, dividido em inúmeras etapas; uma trajetória dissimulada que percorre uma série de pequenos atos, aparentemente, irrelevantes ou inofensivos. O contorno do mal, definitivo e assustador, revela-se apenas quando todos os pontos estão ligados. Portanto, assim como não foi uma simples assinatura em um documento qualquer que apartou negros e bôeres na primeira metade do século xx, ou que dizimou os congoleses durante a colonização belga, ou que culminou no genocídio de tutsis por hutus em Ruanda, a marginalização dos idosos só se tornou realidade após uma série de fatos. O TranMat foi o principal deles.

O Pacote de Medidas de Transição para a Maturidade, que ficou conhecido como TranMat, foi o plano de recuperação da economia frente a uma crise sem precedentes. Com o slogan "Maturidade para construir um novo futuro", o pacote foi lançado durante o Ano Anacrônico, o ano em que o número de idosos atingiu o equivalente a cinquenta por cento da população total. Este ano ganhou tal alcunha por se acreditar então que, a partir daquele momento, o mundo teria ficado obsoleto, sem futuro. Afinal, uma espécie que possui mais exemplares idosos que jovens está fadada à extinção.

Dois fatores foram fundamentais para que o número total de idosos alcançasse esse percentual. O primeiro deles foi a taxa de natalidade.

Mesmo diante de inúmeras estratégias governamentais para tentar reverter sua tendência, como a garantia de benefícios financeiros para famílias com mais de uma criança, a taxa de natalidade declinou por décadas. Isso significa que, a cada ano que passava, nascia-se menos do que se morria.

O segundo fator foi o avanço tecnológico e científico da medicina, um item que, à primeira vista, tem interpretações contraditórias. Para o indivíduo, o estágio de evolução que a medicina alcançou é uma dádiva. Afinal, mortes por doenças se tornaram raras, qualquer que fosse o mal. Todavia, para um governo preocupado com o inchaço populacional, a ausência de mortes é mais um problema.

Além disso, o alto número de idosos consequente desses dois fatores se somou a outro complicador: por séculos, o sistema de previdência foi usado como artefato político, um joguete para angariar votos e agradar aliados; apesar das reformas serem anunciadas como soluções definitivas, eram fajutas – o sistema sempre preservou, ao longo de sua existência, as chamadas "super aposentadorias", destinadas a segmentos privilegiados da sociedade. Sem impedimentos reais, o sistema caminhou para um estado de falência. Quando ruiu, levou consigo toda a economia.

O resultado de tanto desequilíbrio, social e econômico, é que a população passou a consumir muito mais do que sua capacidade de produção. Foi preciso, então, tomar uma atitude – e o TranMat foi a pior delas.

Para tentar recuperar a economia – a economia é sempre a prioridade –, o TranMat propôs medidas extremas. Uma delas, que teve a maior urgência na execução, foi garantir incentivos fiscais e financeiros às indústrias de base e de bens de consumo, além da agropecuária. O raciocínio por trás dessa medida era simples, mas raso: já que a demanda não diminui, que se produza mais.

Para suprir a mão de obra necessária ao aumento de produção, o TranMat dividiu a população em duas vertentes: considerou mão de obra ativa toda e qualquer pessoa abaixo dos sessenta e cinco anos e o nomeou esse grupo como "Braço Forte"; o grupo acima dos sessenta e cinco, isto é, a mão de obra economicamente inativa, chamou de "Agentes Veteranos". Na prática, foi a imposição desse limite que desenhou uma linha dividindo a população em idosos e não-idosos.

Aos que se enquadravam na vertente Braço Forte, o dever era reerguer a economia ocupando as vagas de trabalho disponíveis na agropecuária e nas indústrias. Tornou-se obrigatório a qualquer não-idoso estar empregado na produção desses setores. Aos Agentes Veteranos, por outro lado, coube uma indecifrável função moral de "preservar o futuro", conforme descrevia o calhamaço oficial do TranMat. Na prática, eles foram convocados a participar de conselhos em diversas instituições da sociedade, como bairros, escolas, empresas e até câmaras e senado.

As consequências dessa segmentação foram desastrosas. Os idosos foram aos poucos inutilizados em suas funções, enquanto os não-idosos inflaram-se de raiva e rancor por serem obrigados a sustentar cem por cento da população, conscientes de que representavam apenas metade desse número.

Além das consequências comportamentais do TranMat, geograficamente a sociedade também mudou. A migração dos não-idosos para o interior, com destino às zonas agrícolas e industriais, resultou em um processo de êxodo urbano, nos surgimentos das Cidades Fantasmas e na aparição de comunidades de idosos que tentam sobreviver escondidos nos Territórios Escuros.

Foram dez anos de TranMat, período encerrado com o início da Política Hebeísta, que oficializou a marginalização dos idosos. Mas foi nos primeiros meses do Pacote de Medidas de Transição para a Maturidade, quando ele ainda parecia ser a solução para a crise econômica, que o governo vistoriou fazendas e distribuiu àquelas com boas taxas de rendimento o Registro de Produção Ativa, como o que recebeu o pai de Perdigueiro.

Dos trinta e quatro hectares, mais da metade do terreno era coberto pela área de plantio. No início do TranMat, a lavoura seguia as demandas sazonais do governo: milho, café, mandioca e, principalmente, cana-de-açúcar para alimentar as usinas da região. Com a derrocada do Pacote de Medidas, porém, o Registro de Produção Ativa foi esquecido entre outros tantos papéis inúteis dentro de uma gaveta e as lavouras ficaram por conta e risco dos agricultores. Agora, na fazenda em que Perdigueiro vivia, somente algumas poucas mudas de feijão se arriscavam a romper o solo e lutar por um lugar ao sol diante de todo aquele mato que cobria a mesma área de plantio que um dia foi tão fértil. Da época de alto rendimento, restou além do documento perdido, apenas um paiol abandonado, bem distante da sede.

◆

Seguindo pela fazenda em direção ao Norte, paralelo à estrada que ligava a porteira à sede, entrava-se em um enorme pomar, onde se encontravam uma dúzia de mangueiras e outros tantos pés de frutas cítricas, como laranja, mexerica e limão. De tempos em tempos, como acontecia então, o chão era coberto pelas goiabas que não resistiam ao vento nem ao ataque dos pássaros e caiam, perfumando todo o pomar. Junto à cerca mais próxima da sede, amoreiras e jabuticabeiras aguardavam, encostadas no galinheiro, sua época de florescer. Fora do pomar, já na lateral da casa, havia ainda uma horta maior do que suficiente para abastecer a mesa de um menino e seu pai; atrás dela, um pequeno canil abrigava três cachorros: a fêmea Uzi, de nove anos, da raça *Pointer* Inglês; e dois machos, Glock e Lancaster, de oito e seis anos, *Basset Hound*. Era com eles que Perdigueiro brincava na manhã seguinte à captura do idoso, quando ouviu alguns sons dentro da casa e notou que seu pai havia acordado.

Na cozinha, com a ajuda de um pano de prato dobrado duas vezes, o menino segurou o cabo da leiteira de alumínio que estava no fogo. Tanto o pano quanto a panela não escondiam seus sinais de descuido, mas Perdigueiro não pensava nisso. Com desvelo, derramou a água fervente sobre o pó negro e, do coador de pano, o café escorreu para dentro da garrafa térmica; dela, Perdigueiro se serviu para encher uma xícara esmaltada vermelha, de bordas pretas, e completou com uma colher pequena de açúcar mascavo, conforme o pai gostava. Misturou com mais carinho que cuidado e se virou em direção ao pai, que descia as escadas.

– Bom dia, pai. Seu café...

Com uma força desproporcional, o homem deu um tapa na mão de Perdigueiro. A xícara foi arremessada na parede e o café se espalhou, formando um desenho macabro.

– Quantas vezes eu já falei pra você não me chamar mais de pai, moleque? Chega dessa palhaçada.

Foram involuntárias as reações que o menino teve diante da explosão de raiva do pai: o pescoço enrijeceu, os ombros se encolheram e a mão que antes segurava a xícara com cuidado se contraiu; no reflexo, os olhos se fecharam e o maxilar travou; na garganta, sentiu algo fervilhar tão forte que subia para seus olhos.

– Me traz outra xícara, minha cabeça está explodindo. – O pai ordenou.

Os rompantes do pai o assustavam, mas não eram nenhuma novidade.

O homem arrastou uma cadeira da mesa, afastando-a da mesa, e deixou que o corpo pesado caísse sobre ela.

– Ontem fiquei sabendo que tem um grupo de velhos escondido lá para o lado da Pedra da Coruja. – Continuou, normalmente. – Diz que tem uns quatorze, quinze. Se bobear, até mais.

Perdigueiro não respondeu. Desta vez com mais cuidado que carinho, colocou uma outra xícara de café sobre a mesa, em frente ao pai, e se afastou para limpar a parede. Sem agradecer, o homem seguia seu monólogo.

– Vai dar uma boa grana. Se eu mato pelo menos uns cinco desses quinze... Terra não dá nada, está me ouvindo, Perdigueiro? – Perguntou, sem esperar resposta. – Terra só dá trabalho. Você tem é que seguir na Milícia.

Ajoelhado diante da parede, Perdigueiro limpava a mancha do café com um pano de chão encardido e uma força desproporcional à tarefa. Se ouvia o que o pai dizia, fazia questão de não responder.

– Daqui a pouco eles estão passando aí. – O homem falou, devolvendo a xícara à mesa depois de sorver um gole do café. – A gente vai em grupo. Se esses velhos podem se juntar, a gente também pode. – Achou graça no que disse e terminou a frase com uma risada baixa.

Foi só então, quando não obteve a reação esperada para sua piada, que o homem prestou atenção no menino.

– Vira para cá, Perdigueiro.

Ajoelhado, de frente para a parede e de costas para o pai, Perdigueiro não obedeceu.

– Vira para cá, moleque! – Gritou.

Em mais um de seus acessos de raiva brutais, o homem se levantou, deu um passo até o menino e o agarrou pelo braço; então, usou sua força para levantar Perdigueiro e o virar de frente para si: a criança tinha as bochechas molhadas e os olhos baixos.

– Chorando, Perdigueiro? – O homem falou com descaso. – Você está chorando por que eu derramei seu cafézinho?

Perdigueiro desvencilhou-se do pai e se afastou até a escada. Pela primeira vez, em um desses rompantes de agressividade do homem, teve coragem de o encarar. Tinha muito medo, mas diferente das outras vezes em que apanhou, Perdigueiro também sentia raiva. Estava assustado, imóvel; mas manteve a postura inclinada para frente e o olhar agudo. Um cão acuado não deixa de ser um cão – e foi como um Cão a única maneira que Perdigueiro aprendeu a reagir.

– Seu filho de uma velha. É isso que você é, filho de uma velha! – O homem gritou. – Para de chorar desse jeito, sua velha maldita!

O homem foi até a mesa, virou o último gole do café e pisou forte até a porta de entrada. De costas para o menino, pegou sua carabina, apanhou o chapéu no encosto da cadeira e saiu batendo a porta.

O estrondo reverberou pelo silêncio que preenchia a casa. O corpo de Perdigueiro vibrava, como se tivesse tomado por um choque. Ficou estacado ao pé da escada por alguns instantes antes de sentir sua mão formigar – só então percebeu que cerrava o punho com toda sua força.

O menino sempre viveu naquela casa; mas agora, massageando a mão que parecia ter sufocado sua própria infância, seus olhos correram pelo lugar como se o visitassem pela primeira vez. O café não era a primeira mancha das paredes; nas partes inferiores delas, infiltrações criavam cartografias inteiras de mundos ainda não explorados. O piso de madeira estava desnivelado, ressecado e alguns tacos serviam de alimento ao cupim. No azulejo amarelado da cozinha, um relógio velho acertava as horas apenas duas vezes por dia. Do teto pendiam fios verdes e amarelos segurando uma lâmpada através de um bocal de plástico encardido. Na sala, o sofá guardava o cheiro característico que predominava no ambiente: cada vez que Perdigueiro ou seu pai se sentavam ali, subia dele uma nuvem de transpiração, poeira, cachorro e tempo. O tapete havia sido retirado há anos, mas a marca do período em que reinou no centro do cômodo ainda era evidente. Na sala, havia apenas duas janelas: a da frente, por onde o sol entrava naquela hora da manhã, tinha o vidro trincado na forma de uma enorme teia de aranha; na outra, virada para o norte, a mesma luz que conseguia cruzar a sujeira impregnada no vidro não saía vitoriosa da batalha contra a cortina emperrada. Ao lado da porta, onde o pai costumava deixar a arma apoiada, um armário baixo e manco – uma pilha de livros e revistas fazia as vezes de uma das pernas – segurava um espelho que descascava; na altura do espelho, do lado oposto da sala, próximas da escada, algumas espingardas velhas se deitavam expostas em ganchos enferrujados. Em nenhum lugar, sobre a mesa ou na porta da geladeira, havia uma única foto sequer, nada que pudesse indicar a um estranho que era Perdigueiro e o homem a quem ele se acostumara a chamar de pai que moravam ali, desde sempre. Nada, nenhuma imagem ou palavra escrita, nada poderia provar que, naquele lugar, moravam dois seres humanos.

De repente, pela janela da cozinha, um som invadiu a casa e tirou Perdigueiro de seu estado atônito: eram seus cachorros que latiam. Perdigueiro sabia reconhecer o que cada latido significa – e pelo som que faziam agora, pareciam estar apavorados.

◆

Quando saiu pela porta da cozinha, o menino viu que o pesadelo daquela manhã ainda não tinha terminado.

Do lado de fora do canil, o pai tentava trancar o portão enquanto segurava as coleiras de Glock e Lancaster. Do lado de dentro, Uzi latia raivosa, com os dentes metidos entre as barras de ferro do portão. Assim que o homem conseguiu trancá-lo, o homem apanhou sua carabina caída no chão e bateu, violentamente, a coronha no focinho de Uzi. A cadela se afastou, gemendo de dor. O pai, entretanto, ainda não se deu por satisfeito: por cima do muro pequeno que cercava no canil, investiu contra Uzi mais duas vezes, acertando-a nas costas com o bico da arma. Glock e Lancaster protestaram, mas também se encolheram após levarem seu quinhão de agressões. Descontrolado, o homem chegou a apontar a arma para a cadela, porém os gritos do menino o impediram:

– Para! Para, pai! Para!

Perdigueiro abriu o portão, invadiu o canil e se jogou entre a arma e a cadela. O animal chorava baixinho e Perdigueiro notou que as pancadas dadas pelo pai tinham aberto dois cortes nas costas da fêmea.

Em sua ira, é provável que o homem também surrasse Perdigueiro. Mas algumas buzinas insistentes, vindas da direção da porteira, não permitiram: seus amigos Raposas haviam chegado.

– Seu moleque imprestável! – O homem berrou, recolhendo o braço de dentro do canil. – Você mima demais esses cachorros. Essas merdas servem para caçar. São cães de caça. Está me ouvindo, Perdigueiro? – O homem chegava a babar tamanha sua raiva. – Moleque imprestável!

Deitado sobre a cadela, de costas para o pai, Perdigueiro ouviu sem reagir. Sofria como se cada uma das coronhada que Uzi levou tivessem também o acertado; sentia a dor dos cortes abertos em suas próprias costas. Com suas mãos pequeninas, acariciava a cadela com carinho e extremo cuidado, e sentia todo o assombro que inflava e esvaziava rapidamente o corpinho de sua amiga.

– Três dias, Perdigueiro. Três dias para eu voltar. E ai de você se não tiver um velho aqui me esperando. – O pai alertou ao se afastar em direção à estrada, com a arma sobre o ombro esquerdo e os cachorros arrastados pela coleira presa à mão direita. Antes das buzinas soarem mais uma vez, ainda teve tempo de completar: – E faz essa cadela calar a boca!

Perdigueiro acariciou as orelhas e o focinho de Uzi sem se preocupar com nada além dela. A cachorra lambeu a mão do menino algumas vezes, como se também quisesse o consolar.

As

s ordens de Dona Joana são para que eu recupere integralmente minhas forças. 'Você não está mais sozinha', insiste. Ela quer que eu me restabeleça logo porque, segundo o que diz, devo estar entre a nona e a décima semana. A Inês, com seus olhos atentos, e a Naná, sempre com uma botija de água na mão, me acompanham o tempo todo, como se fossem enfermeiras particulares. Elas negam, mas sei que foram destacadas pela Dona Joana para *essa função. Apesar de eu não me sentir à vontade com esse tratamento especial, confesso que não me recordo de uma outra situação em que fui tão bem cuidada como agora.*

Os enjoos continuam. Ontem Dona Joana pediu para que eu me alimentasse com mais frequência, mas em menor quantidade em cada refeição. Como tudo o que ela fala vira ordem, agora eu faço duas refeições quentes ao dia e, nos intervalos, como frutas. Hoje em dia, isso é um luxo, ainda mais em uma comunidade como esta. Por isso eu recusei. Só passei a seguir essa nova dieta depois que a Inês e a Naná aceitaram, muito a contragosto (mas também sei que com muita fome), a dividir comigo tudo o que me servem."

A não ser que fossem demasiadamente necessárias e aprovadas previamente, não se colocava datas em nada. Qualquer registro temporal, fosse em uma publicação, fosse em uma anotação particular, era considerado ofensivo e criminoso. Talvez por isso, por hábito e precaução, o diário de Piedade não continha nenhuma indicação de dia ou ano. Ou mesmo de localidades: não há menção direta ou mesmo indícios dos esconderijos onde ela parou para descansar e escrever, às cidades fantasmas que visitou, às bibliotecas onde apanhou os livros que leu pelo caminho, ou mesmo à comunidade que a acolheu no início de sua gestação. Em seu diário, não havia nenhuma informação concreta que permitiu a compreensão exata de sua trajetória material naquele mundo. Trajetória material, física; sinônimo de deslocamento de um corpo que parte do ponto inicial e chega a um ponto final. Porque, por outro lado, mesmo sem indicações precisas de datas e locais, os relatos de Piedade em seu diário permitiram ao tempo compreender as razões e os sentimentos de uma mulher que, apesar dos cuidados que lhe ofereceram, preferiu continuar sozinha sua jornada; uma mulher que, apesar da solidão, por um longo período preteriu o filho que crescia em seu ventre; e que, apesar da falta de crenças, acreditava na universalidade e na atemporalidade daquela situação – por isso as datas, pelo menos em seu diário, não se faziam necessárias.

> "Inês é uma espécie de aprendiz da Dona Joana. É muito aplicada. Nesses cinco dias na comunidade, foram poucas as vezes em que não a vi do lado da anciã, com seus olhos profundamente concentrados em cada detalhe de tudo o que sua mentora fazia.
>   Dizem que a primeira forma de aprender, e tem quem defenda de que seja também a melhor, é copiar. É assim que as crianças aprendem a falar: primeiro elas copiam os sons que os adultos emitem, só depois aprendem seus significados. Inês parece estar nessa fase. Para me dar uma instrução ou recomendar algum cuidado, Inês usa o exato tom de voz e as palavras de Dona Joana. É como se usasse um vocabulário emprestado. Se a anciã explica os benefícios de tal planta para a saúde, Inês anota mentalmente cada palavra para, mais tarde, repassar a lição para os outros membros da comunidade. No meu terceiro dia aqui, Inês pediu para examinar minha barriga. Enquanto a apalpava, parecia trilhar com seus dedos os mesmos caminhos invisíveis que os dedos de Dona Joana palmilharam na noite em que cheguei.

Fico contente ao perceber que minha presença esteja rendendo numerosas e inéditas lições para ela.

Naná, por sua vez, não poderia ter motivos mais dissonantes que os de Inês para ter sido destacada para acompanhar minha recuperação. Enquanto a aprendiz de Dona Joana tem seus cuidados pautados pelo conhecimento e pela razão, Naná parece concentrar todo o carinho do planeta. Se Inês lembra uma enfermeira, Naná me remete à minha avó. Sua boca é tão dada ao riso que muitas vezes me esqueço da realidade em que vivemos. Ou melhor, sobrevivemos. Nós duas somos idosas, nós duas somos refugiadas em Territórios Escuros, nos encontramos em uma comunidade que vive do que consegue plantar, colher e coletar da natureza ou roubar das fazendas. Mas, ainda sim, Naná tem um sorriso encravado no rosto; diferente do meu, onde ele precisa ser garimpado."

Na manhã do quinto dia desde que Piedade fora encontrada e trazida para a comunidade, o grupo estava reunido em torno das cinzas da fogueira da noite anterior. Deliberavam sobre como a presença de uma gestante – e, em um futuro próximo, se tudo corresse bem, de seu bebê – afetaria a sobrevivência de todos. Até mesmo Inês e Naná participavam da reunião, retirando-se a cada quinze ou vinte minutos, alternadamente, para averiguar se o assunto da discussão precisava de algo ou estava se alimentando conforme as recomendações de Dona Joana.

Sentada à porta do casebre onde fora examinada, Piedade escrevia em seu diário enquanto assistia a reunião se aproximar da sua terceira hora de duração. Pelo que soube mais tarde, em um cochicho trocado com Naná, foi esse, o número de horas, o argumento que Dona Joana usou para sugerir um recesso de vinte e quatro horas, com a intenção de "descansar os argumentos".

"Eu já estava decidida. Não tinha nenhum interesse no que discutiam sobre mim."

– Eles ainda estão muito curiosos sobre você, Piedade. – Dona Joana falou, desenterrando o rosto de Piedade das linhas que escrevia. A anciã se aproximava com leveza, perfumando de otimismo o ar que carregava. – Estão tropeçando nas próprias perguntas.

Piedade fechou o diário. Ergueu a cabeça, bateu delicadamente a caneta na palma da mão e se manteve calada.

– O que eles mais perguntam é – Continuou Dona Joana, ao se sentar do seu lado. – como você engravidou.

Piedade balançou discretamente a cabeça; seus lábios curvaram-se para baixo e a caneta continuou batendo delicadamente na palma da mão.

– Desculpa, Dona Joana. Mas se depois de uma vida inteira eles ainda não aprenderam, eu é que não vou ensinar. – Piedade respondeu, fingindo profunda seriedade.

A anciã levou uma fração de segundos para compreender a piada. Mas quando o fez, deixou escapar uma deliciosa gargalhada. Dona Joana dobrou-se para frente e foi preciso apoiar a mão em uma das pernas inquietas de Piedade. A recém-chegada também riu, deixando a cabeça pesar-lhe para trás, enquanto cobria a boca da graça escandalosa. Não estavam mais acostumadas a rir e talvez por isso o riso durou tanto:

riam da brincadeira, mas também riam da saudade do próprio riso.

Foi preciso que a graça assentasse antes da anciã continuar:

— Você não tem nada que se explicar. — Ela falou, naquele mesmo tom sereno que sempre usava para passar conforto em sua seriedade.

— Seria, no mínimo, constrangedor. — Piedade respondeu, tranquila.

— Posso? — Dona Joana perguntou, estendendo a mão em direção à barriga de Piedade.

Piedade consentiu e a anciã tocou seu ventre. A gravidez ainda não era evidente, mas tanto uma quanto a outra podiam sentir sua presença.

— Eu já tinha ouvido alguns casos, faz muito tempo. Lembro até de ter lido algumas matérias sobre isso. — Dona Joana falava consigo mesma. — Como a medicina tinha evoluído e os procedimentos e as técnicas... — A anciã passava a mão pela barriga não como se a examinasse, mas sim em um ato de contemplação. — Se podemos viver mais de cem anos, podemos engravidar até muito mais tarde. Lembro de pesquisar sobre isso, mas... — Dona Joana sorriu o mesmo sorriso orgulhoso de uma desbravadora que alcança seu Eldorado — eu nunca tinha visto uma. — Retirou as mãos. — Pensei, na época, que a possibilidade de ter um filho pudesse ser um, uma espécie de... de redenção para os idosos.

— E veja onde estamos. — Piedade encerrou seu devaneio.

Dona Joana calou-se. O gosto do riso já havia desaparecido da boca das duas.

— O corpo da gente tem sede e tem fome. — Piedade tomou o turno da conversa abruptamente. — Tem a fome de comida e tem as outras fomes... Foi em uma

Cidade Fantasma. Eu estava na despensa de uma casa quando um outro homem chegou. Achei que fosse a Milícia, mas não, ele também estava fugindo. E faminto. O susto passou e a gente começou a conversar. Contamos das nossas fugas, das nossas vidas que morreram. A casa era bem simples, mas estava intacta. O quarto estava limpo e a cama arrumada. Tem muito lugar assim nessas cidades. Então eu deitei para descansar e ele deitou do meu lado. Foi isso.

Dona Joana balançou a cabeça, em sinal de compreensão.

– Vocês seguiram juntos? – Dona Joana perguntou.

– Depois da cidade, você diz?

– É, você e ele saíram juntos de lá?

– Não, não. – Piedade disse com indiferença. – Ali mesmo a gente se separou. Cada um continuou sua fuga. Não tem espaço para amor nessa sociedade.

Era verdade. Dona Joana sabia que, nas condições em que os velhos foram relegados, o amor, apesar de possível, era inviável. As relações humanas existiam, mas os laços eram mais pragmáticos que afetivos.

Piedade se levantou de forma brusca. Seus olhos percorreram o acampamento como um farol, mas naquele instante não enxergavam nada. Dava as costas para Dona Joana quando falou:

– E não faria a menor diferença. – Completou sua resposta, depois de um longo intervalo silencioso.

A anciã se calou. Sentia que Piedade ainda tinha algo a dizer.

– Eu não vou ter esse filho, Dona Joana.

"Em relação à gravidez, Dona Joana respeita e acata minha decisão. Mas sobre ir embora, diz não entender. Independente da minha escolha

em relação o bebê, ela insiste que não há motivos para eu deixar o grupo, apesar da minha presença ainda não ser aceita por todos (as decisões aqui são tomadas por unanimidade; algumas reuniões levam semanas para terminar).

Mais de uma vez, atravessamos a noite conversando sobre alternativas possíveis. Se quisesse mesmo partir, que eu procurasse um destes grupos oficiais de ajuda a não-idosos em algum Centro Urbano. Em minha condição, me receberiam como prioridade. Neles, posso fazer o aborto com mais segurança.

Outra alternativa, se eu optasse por não criar o bebê, seria tê-lo e entregá-lo a um dos Lares-Escola, tão valorizados hoje em dia. Segundo Dona Joana contou, 'para restabelecer o equilíbrio', nenhuma criança poderia ser 'desperdiçada', palavras oficiais. Para isso, o governo espalhou Lares-Escola por todo o país com o objetivo de resgatar crianças abandonadas ou que vivem em condições miseráveis para torná-los legítimos 'Filhos do Estado'. Segundo ela, não existe, atualmente, outra instituição que ofereça cuidado e educação tão especiais.

Mas eu não vou para um Centro Urbano. Não quero correr o risco de virar mais uma idosa condenada por Ócio. Esta é a minha condição: a de fugitiva. Seguirei escondida na mata, roubando o que posso das fazendas e das Cidades Fantasmas. Nos Territórios Escuros, tenho tudo o que preciso."

◆

O grupo de idosos liderado por Dona Joana havia encontrado um local tão bem protegido pela natureza que até mesmo o sol, para adentrar na clareira, chegava a ela unicamente pela trilha. Era daquele lado, afinal, vindo da direção do rio, que os primeiros raios adentravam-na. Despertavam primeiro as hortas, banhando-as com o calor e a luz tão necessários para a produção de alimentos daquelas pessoas, refugiadas do tempo. Em seguida, espantavam a escuridão vitoriosa sobre o que restou da lareira, derrotada ao longo da noite. Aqueciam também as barracas em seus últimos momentos de sono infértil, incapaz de sonhar. Por fim, entravam no casebre de sapê pelas frestas da porta e da janela e acordavam quem ainda preservava a habilidade de descansar.

Contudo, naquela manhã, o sol estava atrasado. Quando ele entrou na clareira despertando a horta, a fogueira, as barracas e o casebre, não encontrou Piedade.

Tem mais chances de fuga quem pouco carrega e Piedade sabia disso. Levava assim apenas o estômago cheio, a roupa limpa que lhe deram e uma sacolinha com o velho uniforme operário. Para não carregar arrependimentos, despediu-se de Inês e Naná com um afetuoso olhar antes de sair do casebre. Acreditou que dessa forma estava leve para seguir seu caminho.

Pegou a trilha tomando cuidado com cada passo. Evitou as folhas secas e os galhos retorcidos, como estava acostumada a fazer para roubar fazendas e entrar em Cidades Fantasmas. Ainda assim, sentiu-se estranha: estava fugindo de um lugar onde ninguém a perseguia; um grupo que, apesar dos questionamentos, lhe queria bem. Piedade olhou para trás: deveria ficar?

Estava constrangida. Não compreendia por que deixava o grupo daquela forma, sem se despedir de ninguém, como se escapasse de uma prisão. Não a julgaram por sua decisão relacionada ao bebê; não a impuseram nenhuma condição. Pelo contrário: acolheram-na, alimentaram-na e compartilharam com ela um teto.

Vinham se reunindo para buscar a melhor forma de ajudá-la. Mas mesmo assim, fugia, evitando os ruídos das folhas secas e dos galhos retorcidos. Fugir parecia ter se tornado um hábito. Ou um vício.

Quem guardava a trilha naquela madrugada era o Geraldo, o idoso que preparou o jantar na primeira noite de Piedade com o grupo. A vigilância da trilha existia para que ninguém entrasse na comunidade; portanto, ser pega deixando-a não seria um problema. Contudo, um encontro àquela altura era tudo que Piedade menos precisava. Eles não conversaram muito no período em que ela passou na comunidade, então não havia motivos para sentimentalismos e explicações desnecessárias. Mas como era gostosa a comida do Geraldo! Como lhe fez bem aquela primeira refeição quente! Pelos meses seguintes, até o dia de sua morte, ela se recordaria, com um prazer imenso, do sabor de cada uma das colheradas que levou à boca naquela noite. Era melhor que fosse essa sua última lembrança de Geraldo.

Por isso, antes de se aproximar do ponto onde, geralmente, ficava quem estava de guarda, Piedade embrenhou-se e só voltou à trilha dezenas de metros depois, perto do rio, quando o dia já amanhecia.

Nesta época, as manhãs sempre acordam pálidas. Não era um problema: Piedade estava acostumada à opacidade do horário. Além disso, a umidade do rio deixava o ar gelado e, para aquecer o peito, ela encolheu os ombros e abaixou a cabeça. Talvez por isso não tenha notado um vulto sair do meio das árvores.

– Eu separei isso para você.

O corpo de Piedade estremeceu. Se fosse um Cão ou um Raposa, estaria morta. A sorte é que era a voz de Dona Joana.

Piedade se virou. A anciã estava portando um cajado e uma sacola de pano.

— Tem remédios e comida. Tentei separar o que demora mais para perder. Também coloquei cantil, canivete, linha e anzol. Espero que você não esteja planejando se afastar do rio. Não é a toa que maiores civilizações nasceram nas margens de rios, você sabe disso melhor do que eu. Ah, e tem umas folhas para o chá, se os enjoos estiverem muito fortes. — A anciã lhe entregou a sacola.

Piedade sentiu-se profundamente envergonhada por não ter se despedido da anciã.

Pensou estar maluca por fugir de uma pessoa tão doce e carinhosa como ela.

— Não é muito, mas vai te ajudar nos primeiros dias.

— Obrigada.

Dona Joana se virou para o rio, como se pudesse enxergá-lo em toda sua magnitude.

— Como você sabia que ia me encontrar aqui?

— Não é de mim que você foge, Piedade. Nem do grupo.

Piedade também olhou o rio. Mas diferente de Dona Joana, buscava nele alguma resposta.

— Eu não posso ter esse filho aqui, Dona Joana. Você sabe disso.

A anciã fechou os olhos e respirou fundo. A correnteza parecia alimentá-la.

— O que eu sei é diferente do que você sabe. — Ponderou Dona Joana. — Algumas das mulheres lá já fizeram partos antes. E também já cuidaram de muitas crianças. Então, o que eu sei é que sim, você pode ter esse filho aqui. — Afirmou, vigorosa. — Mas você também pode não tê-lo. Você pode fazer o que tem que fazer aqui, em segurança. Você não é a primeira mulher a abortar, Piedade. — A anciã concluiu.

Piedade se desculpou por presumir o que a anciã deveria saber. Ainda bem que nas conversas à beira de um rio, os enganos vão logo embora.

Uma folha grande, do tamanho de sua mão, vinha navegando pelas águas. Era como uma embarcação minúscula e carregava algumas gotas de orvalho, que em breve se tornariam rio.

— Eu tenho medo de não conseguir criar o bebê nesse mundo. — Confessou. Mas imediatamente se corrigiu. — Aliás, eu tenho medo de criar alguém para este mundo. Alguém perfeitamente adaptado a ele.

Ainda de olhos fechados, a anciã sorriu.

— Por mais que o mundo se transforme, alguns temores permanecem iguais. — Dona Joana respondeu e se calou.

A resposta imersa em mistérios despertou em Piedade outro motivo para sentir vergonha: em todos aqueles dias junto à anciã, não chegou a perguntar sobre sua vida antes da idade zero. Não sabia nada sobre sua história, sua família, se tinha filhos e, caso tivesse, onde eles estavam. Por isso, naqueles últimos instantes com ela, teve vontade de reviver todas as noites que passaram conversando para poder ouvir sobre seu passado. Mas o tempo é como o rio: corre em um único sentido.

Dona Joana interrompeu-lhe o devaneio estendendo o cajado em sua direção.

— Se a barriga começar a pesar, você vai me agradecer por ter lhe dado isso.

Por alguns instantes, Piedade hesitou em pegá-lo. Mas, por fim, aceitou.

— E se a barriga não crescer, Dona Joana?

A anciã levantou a cabeça e encarou Piedade com os olhos despigmentados.

— São escolhas, Piedade. Eu não posso te julgar por elas. Ainda mais em um mundo tão violento e cruel como esse que nos restou.

Dona Joana se afastou alguns passos em direção à trilha.

Nesse momento, Piedade já não conseguiu segurar todo o rio em si.

— Qual o sentido disso, Dona Joana? Qual o sentido de colocar uma criança nesse mundo? — Piedade desabafou. — Se eu der à luz, vou estar condenando esse bebê! Você fala como se eu pudesse preservar essa criança, impedir que ela cresça. Mas me responde: como é que se cria um filho em um mundo onde é proibido envelhecer?

Dona Joana interrompeu seus passos, mas permaneceu de costas para Piedade.

— Me fala, Dona Joana! — Piedade insistiu.

Pelo seu rosto, desceram algumas lágrimas que, em breve, também se tornariam rio.

— Se você sabia que eu ia embora, — Continuou. — por que veio até aqui se não fosse para tentar me convencer a ficar? Se não fosse para me dizer o que fazer.

Só então Dona Joana se virou para Piedade uma última vez.

— Eu não posso te impedir, Piedade. Nem posso decidir por você. Se eu fizer isso, me torno um deles. São eles que dizem aonde nós podemos ir e o que nós podemos fazer. — A anciã procurou retomar o controle da respiração, agitada pelo momento. — Vim me despedir. Eu sinto que você quer ir, que você precisa ir. — Piedade confirmou com a cabeça, consciente de que Dona Joana entenderia o gesto mesmo sem enxergar. — E eu espero que essa jornada te ajude a descobrir suas verdadeiras razões para ter esse filho ou não.

XT. CENTRO URBANO / ÁREA EMPRESARIAL
DIA

HOMEM, mais ou menos trinta e cinco anos restantes, terno elegante, acinturado, pasta de couro na mão, caminha para o trabalho. Na entrada de um prédio, diante das escadas, MULHER, mesma idade, bonita, vestido justo e batom vermelho, se aproxima dele.

MULHER
Com licença, sabe me dizer...

Close nos olhos do Homem: estão arregalados. Close nos lábios da mulher: são carnudos, têm um contorno formoso. Eles se movem lentamente, mas é impossível distinguir as palavras, que desaparecem sob TRILHA SONORA. Os lábios da Mulher continuam a falar, mas Homem parece congelado, seus olhos estão concentrados em sua boca.

MONTAGEM: a partir daí, tudo ao redor do Homem parece se mover em velocidade acelerada, com exceção dele próprio, que ficou parado no tempo. A Mulher desaparece e outras pessoas passam por ele. O dia se torna noite, a noite se torna dia. Os carros passam rápido, deixando faixas luminosas. A Trilha acompanha a velocidade frenética.

De repente, dois POLICIAIS param na frente do homem e dizem alguma coisa, inaudível. Aos poucos, tudo vai voltando à sua velocidade normal. A Trilha diminui de volume e é possível distinguir as palavras dos Policiais.

POLICIAL 1
Você está preso por Crime de Ócio!

Aos poucos, o Homem sai de seu torpor e finalmente compreende os policiais. Eles algemam suas mãos atrás das costas. O Homem fecha os olhos, feliz.

INSERT: close da boca da mulher.

Ele abre os olhos e sorri. É colocado dentro da viatura.

INSERT: pack do produto.

LOC (V.O.)
Cronos. Você capaz de parar o tempo.

LETTERING: Não é necessário procedimento médico. Aplicação caseira. Norma 451/22.

◆

A campanha "Capazes de parar o tempo" foi um sucesso tremendo. Anunciando um pacote de seringas de botox autoaplicável para diferentes partes do corpo, o número de vendas superou as metas iniciais e a marca firmou-se como líder isolada de mercado. O comercial gravado a partir do roteiro acima, principal peça da campanha, caiu no gosto dos consumidores e arrebatou o maior prêmio do setor. Esse era o motivo da grande festa de hoje – e era isso que tornava Daren, autor do filme, a estrela da noite.

Além do coquetel oficial oferecido pelo comitê da premiação, a Puer Cosméticos também organizou sua própria comemoração, exclusiva para seus sócios, acionistas e colaboradores. Não era a primeira vez que a marca era reconhecida com essa premiação e tampouco era o debute de Daren no mundo dos festivais, mas festas eram parte do trabalho. Como sua presença era obrigatória, apesar de ultimamente não estar no melhor humor para eventos sociais, na data marcada Daren vestiu sua melhor roupa, calçou seus mais bem engraxados sorrisos e seguiu para o local da comemoração: uma Cidade Fantasma a pouco menos de cem quilômetros da capital.

Quem mais sofreu com o êxodo urbano causado pela implementação do TranMat foram as cidades pequenas e médias. Seus habitantes migraram ou para os Centros Urbanos, na tentativa de uma vida mais digna, ou para as zonas industriais e agrícolas do interior do país, em busca de um emprego braçal e muitas vezes desumano. Tais cidades foram completamente abandonadas e, como tudo isso aconteceu em um período de poucos meses, tornaram-se dolorosos museus a céu aberto. Casas foram fechadas com tudo o que não foi possível carregar – móveis, utensílios domésticos e uma infinidade de lembranças congeladas no tempo; o comércio aferrolhou suas portas e trancou os estoques para nunca mais serem vendidos; e nos escritórios, bilhetes sobre a mesa lembravam os fantasmas das reuniões de um amanhã que nunca chegava. Assim, por preservarem todos os elementos de uma cidade habitada – com exceção dos habitantes – ganharam esse apelido: Cidades Fantasmas. A sensação que elas davam era de terem inspirado profundamente o ar, prendido a respiração e nunca mais soltado.

As Cidades Fantasmas tornaram-se numerosas pelo país. Como a população não retornava, a natureza foi, aos poucos, reconquistando seu território. Sem ninguém para arrancar as raízes e cimentar o solo, o mato retomou seu espaço: silenciosamente, foi rompendo pisos e derrubando azulejos. As Cidades Fantasmas, que naturalmente preservavam um ar macabro, ganharam tons esverdeados. Muitas vezes, davam a impressão de estarem sendo engolidas pela terra; outras, de serem regurgitadas por ela.

A caminho de uma dessas cidades, conduzido por uma estrada agasalhada pelo breu, Daren se perguntava justamente sobre como, quando e por que aqueles lugares teriam surgido. Além de uma crise de ansiedade, o desvendar causado pelos trinta anos restantes trouxeram também uma série de perguntas sobre aquele mundo.

Daren não sabia, por exemplo, que mesmo esverdeadas, desalmadas e fadadas às recordações, com o tempo as Cidades Fantasmas passaram a ser usadas de diferentes formas. Aos idosos, elas representavam ou um oásis ou o purgatório. Nelas, podiam encontrar comida enlatada, roupas limpas e camas ainda confortáveis para descansar um pouco; tomavam banho e matavam a saudade da sensação de ter um mínimo, qualquer que fosse, de dignidade. Além disso, nas Cidades Fantasmas, se valiam de livros, revistas e qualquer coisa que os ajudassem a se fantasiar de outras vidas – para quem sobrevive dia após dia, os romances são uma prazerosa contrariedade ao destino.

Por outro lado, justamente por atraírem os idosos com todas essas iscas, as Cidades Fantasmas representavam, para os Cães e os Raposas, um local perfeito para montar suas armadilhas. Nelas, as caças de idosos eram constantes.

Os não-idosos, por sua vez, viam nessas cidades um cenário exótico. Em sua busca incessante por originalidade, os jovens adotaram as Cidades Fantasmas como o cenário ideal para eventos. Praças antigas, com seus coretos e fontes luminosas, tornaram-se palcos para festivais de música; velhas mansões viraram cenário para festas à fantasia e até um cemitério chegou a ser usado para receber um baile de halloween. Seguindo a tendência, o evento da Puer

Cosméticos foi um dos que mais ganhou destaque, escolhendo como local um shopping abandonado em uma dessas cidades.

Com uma área enorme, quatro pavimentos e mais de trezentas e cinquenta lojas, o shopping recebia diariamente mais de duas mil pessoas, além das centenas de funcionários. Em seu auge, costumava ser o principal centro comercial da região em que se encontrava – a mesma que sofreu um dos êxodos mais urgentes do país. Dessa forma, quando os organizadores do evento da Puer Cosméticos arrombaram as portas, as lojas permaneciam intactas e as vitrines ainda anunciavam caducadas promoções por tempo limitado.

A festa aconteceria dentro de uma loja de departamentos enorme, no terceiro piso. Portanto, a primeira de uma longa lista de tarefas da organização foi promover uma faxina vigorosa em toda a área que seria percorrida e utilizada, desde o estacionamento. Em seguida, deveriam checar e criar soluções de infraestrutura: banheiros, luz, água e segurança. Somente após cumprirem essas etapas, iniciariam a montagem e a decoração. Havia bastante trabalho a ser feito – afinal, além do porte da festa, esperava-se muita autenticidade naquela celebração –; por isso, todos na equipe estavam animados para começar.

Contudo, quando entraram no shopping e começaram a varrê-lo, ninguém ficou imune àquele vazio. Imediatamente, um desalento tomou-os. Em um mundo onde não se falava do passado ou nem ao menos se pensava sobre ele, varrer o local foi como tirar a poeira das memórias. Afinal, soterrar o passado não significa, de modo algum, apagá-lo. Dessa maneira, ao limpar o shopping, o maior medo de quem estava na equipe foi olhar para as vitrines e constatar no reflexo de suas lembranças um fato absolutamente simples: o tempo passa. Para todo mundo.

Talvez por isso, para afugentar as lembranças inconvenientes, tudo ficou pronto muito rápido. Os manequins e as araras de cabides foram usados como peça de decoração; os antigos balcões de caixa viraram bar; a *pick up* e os amplificadores do DJ foram montadas nas vitrines e as cabines de troca de roupa viraram quartinhos reservados ao sexo. Ainda dentro da loja, foi montada, próxima à porta do estoque, uma mesa de *finger food* e um pequeno *lounge*, com *puffs* e sofás. No corredor do shopping, ao lado do posto dos seguranças, alguns manequins vestidos com traje festivo delimitavam a circulação dos convidados e indicavam a direção dos banheiros. Dessa forma, a loja de departamento esquecida no interior de um shopping abandonado de uma cidade vazia ficou pronta para receber, finalmente, novos visitantes.

Daren chegou duas horas após o horário marcado. Logo que cruzou uma perfumaria, virou à direita em uma vitrine repleta de modelos de tênis inevitavelmente *vintages* e adentrou no corredor da loja de departamento. Foi avistado por um grupo de colegas que, de imediato, levantaram seus copos e saudaram sua chegada. A festa já estava cheia e Daren, como a estrela da noite, teve seu atraso notado. Cumprimentou os colegas mais próximos e inventou uma justificativa qualquer para a demora, garantindo que iria compensá-la no decorrer da festa. Depois, perguntou a direção do bar e se afastou com a intenção de pegar uma bebida.

Porém, antes que pudesse alcançar a metade do caminho, alguém o puxou, de repente, pelo braço.

— Que demora foi essa, Daren? Onde você estava? — Era seu superior imediato, arrastando-o. — Eles estão no *lounge*. Me perguntaram de você assim que chegaram.

A mesma justificativa qualquer para o atraso, a mesma garantia de que iria compensar no decorrer da festa.

No *lounge*, uma prestigiada roda de conversa reunia todos os chefes de Daren e os chefes desses chefes. Seu superior introduziu-o ao grupo com os mesmo adjetivos de sempre: a estrela da nossa criação, o maior talento da companhia. A roda reagiu como esperado: abriram largos sorrisos – branqueados por vinte minutos diários, ao longo de duas semanas, acompanhando uma dieta que proibia café, chocolate e corantes em geral; um tratamento que Daren participara do lançamento há alguns meses. Cumprimentaram-no pelo excelente trabalho e elogiaram, animados, o premiado roteiro do comercial. Daren agradeceu, sem deixar de reparar que, após saudá-lo, uma mulher tirou da bolsa uma bisnaga de gel e espalhou um punhado pelas mãos. Todos ali eram altos executivos da indústria cosmética, setor que movimentava dinheiro suficiente para manipular os rumos do governo a seu favor, como o automobilístico e as petroleiras fizeram em outras épocas.

– Eu nunca entendi de onde vocês, criativos, tiram essas ideias! Um homem que comete Crime de Ócio porque ficou admirando a boca de uma mulher! É ge-ni-al! De onde vem isso? – Um homem de nariz perfeitamente refeito comentou.

– É o trabalho deles, oras! – Outra executiva, de pálpebras repuxadas, respondeu antes de Daren.

– Calma lá que esse aqui não é qualquer um! – Um terceiro executivo, com a testa e as bochechas lisas, interveio. – Tem mais talento do que os outros! – Garantiu, dando tapinhas com as costas da mão no peito de Daren. Era um puxa-saco compulsivo.

– Mas que belo produto também, hein? – Interferiu outra. – O pessoal de desenvolvimento se superou dessa vez.

– De pesquisa também. Parece que a demanda veio deles. – Mais um.

Daren já não acompanhava. Eram frases genéricas saindo de rostos genéricos.

– Salve Hebe! – Um deles levantou o copo.

Ao que todos brindaram: "Salve Hebe!".

Na saudação, contudo, algo tilintou internamente em Daren.

Mitologia grega. Deusa da juventude. Essa era a origem do termo que dava nome à era em que viviam: hebeísta – uma política de exaltação a tudo o que é jovem em detrimento a qualquer coisa velha ou antiga. Tornou-se oficial dez anos após a implementação desastrosa do TranMat, justamente quando a indústria cosmética firmou-se como o pilar fundamental da economia. Não é a toa: em um mundo que prezava pela beleza da juventude, a estética era seu valor mais pungente. Os produtos de beleza e as cirurgias plásticas vinham ganhando relevância ainda nas décadas anteriores ao Ano Anacrônico, mas era óbvio e esperado que, com a Política Hebeísta, com o culto oficial à juventude, os cosméticos chegassem a essa posição. Afinal, parecer velho podia ser tão perigoso como ser um velho de fato. Hebe. Era para isso que Daren trabalhava.

– De forma alguma, não é nosso papel. Ela vai cumprir seis anos de Débito Trabalhista. Não tem nada que a gente possa fazer. – Um deles falou.

– Mas que burrice! Para que se arriscar desse jeito? – A executiva com as pálpebras repuxadas se indignou.

Por causa do devaneio, Daren já não acompanhava a conversa. Os executivos falavam de uma diretora, aparentemente conhecida de todos ali, que trabalhava para uma marca concorrente e que usou a foto real de uma velha em uma de suas campanhas, desrespeitando a RMI – Restrição Midiática número um, que limitava o uso da imagem de idosos.

– Foi só para criar polêmica. – O homem da testa e das bochechas lisas falou. – Bastava usar uma atriz qualquer maquiada de velha.

– Mas você não acha ator para isso, meu bem. Ninguém quer trabalhar fazendo papel de velho – Outra executiva, muito parecida com a primeira, comentou.

– Até porque papel de velho é não trabalhar, não é mesmo?! – A executiva das pálpebras repuxadas complementou.

A piada fez todos gargalharem.

Daren viu nas gargalhadas a melhor deixa para se livrar da prestigiada roda. Fingindo que também ria, agradeceu os cumprimentos, apontou para o bar e se afastou, com o consentimento de todos os superiores e a sorte de nenhum deles pedir para acompanhá-lo.

No caminho, tentou não cruzar olhares com ninguém. Veio para a festa disposto a cumprir as recomendações médicas – sair de casa, beber com os amigos, transar; mas não suportaria ser puxado para mais uma roda como aquela.

As festas constantes eram um marco da cultura hebeísta. Afinal, o ócio era crime. Com as festas, ocupava-se qualquer tempo livre; calava-se, prontamente, o silêncio; disfarçava-se, em grupo, a solidão.

Não à toa, passou a ser vital a loucura, a inconsciência, o sair de si. Era fundamental estar com alguém, esquecer alguém ou ter de conquistar alguém. A música alta tornou-se indispensável, tal qual o grito; e a exaustão virou um pré-requisito do sono. As festas eram um alívio: nelas, vivia-se, exclusivamente, o agora, o hoje – uma exigência que, infelizmente, nos últimos meses, Daren já não conseguia cumprir.

Mas prometera-se tentar. Recomendações médicas. Pediu uma bebida e escorou-se no canto do balcão: queria encher a cara logo. Porém, haviam pedido que preparasse algumas palavras; teriam uma pequena cerimônia de premiação e discursos. Melhor esperar.

Para passar o tempo, debruçou-se sobre o cotovelo direito e se virou para a festa. De onde estava, reconheceu dois estagiários da Criação discutindo com o bartender – acusavam-no de priorizar os pedidos dos superiores; viu a gerente de recursos humanos dançando descoordenadamente e sentiu vontade de fazer o mesmo; atrás dela, um desconhecido agarrava um manequim, arrancando gargalhadas de todos que estavam por perto; mais ao fundo, a chefe da assessoria saiu dos provadores limpando os lábios enquanto arrastava para a pista o trainee do jurídico; do outro lado, na mesa do buffet armada próximo do antigo estoque, alguns dos não-idosos mais antigos da empresa – uma percepção jamais compartilhada em voz alta –, se serviam. Ainda reparou que, independente da idade, fosse ela quarenta ou dez anos restantes, todos os convidados se vestiam de modo muito parecido: usavam os cortes, os tecidos e as cores atuais. A juventude é algo tão passageiro que é possível vesti-la.

Daren observava a festa com vontades e desejos despertos. Gostaria de ser ele a pessoa que saiu acompanhada do provador; queria estar entre os que gargalhavam, os que cantavam, os que dançavam descoordenadamente. Mas algo o segurava.

Voltou-se novamente para o balcão. Tirou os malditos óculos e deixou a cabeça cair nas mãos espalmadas. Desejou um minuto sem aquela nitidez que vinha experimentando desde que ultrapassara mais uma data de nascimento. O desvendar era incômodo: todas aquelas percepções, todos aqueles questionamentos, o sufocavam. Não conseguia calar as perguntas; tinha a impressão de ressoarem internamente mais alto que o setlist que pulsava nos amplificadores. Talvez fosse melhor ir embora, tentar inventar qualquer desculpa. Mas sabia que, na segunda, seria cobrado por isso e teria que dar explicações. Afinal, as festas eram parte do trabalho. Melhor esperar, pelo menos, até o discurso. Teria que aguentar.

Levantou a cabeça; precisava espairecer. Com o copo vazio, botou novamente os óculos e pensou em comer alguma coisa. Foi nesse momento que ele a viu – de novo.

◆

Ao lado da mesa do buffet, de costas para a pista, a garota dançava jogando os cabelos trançados na batida da música. Acompanhava o refrão entusiasmada, cantando sem nenhuma timidez. De tempos em tempos, servia-se de algo e comia, satisfeita. Seria uma convidada como outra qualquer se, entre um passo e outro de dança, não enchesse a bolsa com tudo o que estava disponível na mesa.

Era impressionante a habilidade com que ocultava o roubo: cada gesto que encobria o saque era perfeitamente adequado ao ambiente. Sem perder o ritmo da música ou da coreografia, a garota varria uma quantidade enorme de comida para dentro da bolsa. Próximo dela, era mais fácil se contagiar com sua animação do que desconfiar do que os divertidos passos de dança escondiam. Mais que um roubo, a menina executava um truque de mágica.

Daren a reconheceu: era a mesma garota que flagrou roubando bolachas e chás da Casa de *Felix Mortem*. Na ocasião, perguntou-se quais os motivos levariam um não-idoso a roubar comida; afinal, só velhos mendigavam, com fome. Agora, na festa, a mesma questão tornou a ressoar.

Não que considerasse aqueles saques de comida atos condenáveis, ainda mais no mundo do qual vinha se conscientizando. Porém, o contexto do roubo o espantava: tanto aquele evento quanto a cerimônia de Partida Voluntária eram eventos símbolos de uma sociedade que privilegiava os não-idosos. Roubá-los era significativo.

Magnetizado pela rebeldia da menina, Daren se aproximou, fingindo escolher algo para comer. Ela jogou as tranças para trás, induzindo o olhar de um possível observador ao movimento dos cabelos. Tal dissimulação, porém, já não funcionava com Daren: ele percebeu quando a garota abriu a bolsa e, sem perder o ritmo, despejou nela mais uma leva de petiscos.

Ambos ludibriavam intenções: ele fingia abstração para vigiá-la; ela exalava animação para roubar. Contudo, em suas farsas, apenas a garota corria risco: caso fosse flagrada, seria presa; Daren, por sua vez, de nada poderia ser acusado se ela percebesse sua aproximação. Ainda assim, ele se sentia muito mais inquieto e abrasado que ela: a testa molhada contrastava com a boca seca.

Enquanto cantava, empolgada, o refrão de um novo hit, a garota tornou a esticar a mão sobre o buffet e abocanhou mais uma leva de petiscos. Repetiria o gesto inúmeras outras vezes até que a bolsa estivesse cheia; provavelmente, também tentaria levar algumas latas e garrafas de bebida. Mas não o fez: no movimento do braço até a bolsa, Daren o agarrou.

A música não parou. As pessoas não fizeram silêncio tampouco ficaram imóveis. Ainda assim, por breve instante, o correr do tempo deu a impressão de ter sido suspenso.

Daren a segurou pelo punho; mesmo assim foi possível sentir o tremor que percorreu todo o corpo da garota. Ela se virou assustada e, com um movimento instintivo e brusco, tentou se soltar.

Foi uma reação natural que logo se dissipou. No mesmo instante, a garota retomou o controle da situação. Para a surpresa de Daren, ao contrário do que é esperado de alguém pego no flagra, imediatamente, ela abriu um sorriso largo, como se encontrasse um amigo de longa data.

— Me solta. — A garota pediu, sorrindo com os lábios, mas não com os olhos.

Desconcertado, ele mal percebeu quando o correr do tempo foi reestabelecido.

— Eu conheço você. — A frase saltou de sua boca; soou mais como uma pergunta do que uma acusação.

— Sério? Ainda usam essa? — Ela respondeu, irônica.

Denunciava-se pelo olhar: Daren estava inseguro. A bem da verdade, o que pretendia com aquele flagrante ainda não estava claro nem mesmo para ele. Não agia motivado pela moralidade, tampouco para proteger o patrimônio de sua empregadora. Então, por que estrangulava aquele punho? Por que assustava a garota daquele jeito?

Nem mesmo sabia que perguntas gostaria de fazer à garota. Mas se identificou com o desencaixe. A culpa do que vinha sentindo não era dos óculos ou do aniversário ou dos discursos de despedida da *Felix Mortem*. As percepções do mundo, as perguntas que não calavam, a nitidez incômoda: eram resultado de um desencaixe. Daren já não pertencia àquele mundo e talvez tenha reconhecido na garota um não-lugar compartilhado. Portanto, agarrava seu braço como uma boia salva-vidas.

Ela, porém, estava em risco. A bolsa estava cheia de itens da loja; os petiscos eram o de menos. Se a pegassem, iria presa. Não podia chamar a atenção de mais ninguém.

— Vamos dançar! — Sugeriu de repente.

Com um movimento rápido, trouxe seu corpo para junto do dele, conectando-os desde a barriga ao peito. A mudança de posição foi executada com uma dose de sensualidade perfeitamente adequada à festa e serviu para esconder, entre eles, o punho estrangulado pela mão. Por fim, ela deitou a cabeça no ombro de Daren e deixou a boca próxima de sua orelha.

— Eu sei que você não vai me entregar. Então por que não me solta e assim a gente conversa sem chamar tanta atenção? — Sussurrou, demonstrando uma capacidade extraordinária de fantasiar suas intenções.

Daren vacilou, mas obedeceu. Com asco, ela imediatamente afastou seu corpo do dele e, olhando para os lados, conferiu se alguém havia os notado.

— Eu vi você na Casa de *Felix Mortem*. — Ele disse.

— Todo mundo tem um parente que já se voluntariou, para o bem da nação. — A garota foi pragmática.

— Você estava roubando comida. — Daren a acusou.

Um casal de não-idosos se aproximou da mesa para pegar alguns petiscos. A festa, afinal, continuava. A garota sorriu para Daren preenchendo os lábios com uma outra intenção além do próprio sorrir; ela pedia, com isso, que ele também tentasse disfarçar o que acontecia ali.

Mas, incapaz de responder a esse pedido, ele continuou:

— Igual está fazendo aqui.

A garota esperou que o casal se afastasse, fechou a bolsa e olhou para Daren com firmeza.

— Ok. Preciso ir. — Ela disse, virando-se depressa para a saída.

— Então sua bolsa fica. — Daren agarrou, dessa vez, a alça.

De repente, a música baixou o volume e as luzes se voltaram para um pequeno palco montado próximo ao *lounge*. Nele, Daren viu seu superior recebendo um microfone da mão de uma das organizadoras do evento. Os discursos estavam para começar.

A garota respirou fundo, disfarçou a irritação e se virou.

— O que você quer, cara? Tem uma mesa inteira aí. Dá para você e seus amigos comerem por uma semana.

— Para quem você vai levar isso?

No palco, seu superior falava sobre como o trabalho de cada colaborador era fundamental para construir um mundo melhor e mais bonito.

— Você vai me entregar? Se não, já deu minha hora. — A garota se esquivou.

— Espera. — Daren, então, rogou.

A verdade é que estava completamente desnorteado. Não tinha mais forças para fingir que repreendia a garota por estar roubando comida da festa. Não queria pressioná-la, denunciá-la, impedi-la; nada disso. Mas, então, por que fazia? O que o impeliu a se aproximar dela foi justamente o contrário: talvez ela pudesse ser uma resposta para todos os seus questionamentos.

— Pelo menos me diz para onde você leva tudo isso. — Pediu, sem a imposição de antes. — Talvez eu possa te ajudar.

A garota foi pega de surpresa. Mas, antes que pudesse reagir, uma das organizadoras da festa se aproximou e interrompeu a conversa: Daren era o próximo a subir no palco; deveria ir para a posição.

— Escuta, cara. — A garota ponderou depois da organizadora se afastar. — Eu não posso te dar uma rede de segurança. Se quiser ajudar, vai ter que fazer isso no escuro.

Por que ela roubava, para quem roubava, para onde levava tudo aquilo: as explicações que Daren pedia à garota eram garantias disfarçadas. Isso, ela não podia dar.

Do *lounge*, a organizadora buscava Daren com o olhar. No palco, os holofotes se apagaram logo que o discurso do superior chegou ao fim, sob aplausos, e um telão foi ligado. Iriam exibir o premiado comercial e, em seguida, chamariam seu criador ao microfone.

Diante da garota, Daren tinha pouco mais de trinta segundos para se decidir.

◆

Do lado de fora do shopping, seguindo a garota até os limites da Cidade Fantasma, Daren não ouviu quando lhe chamaram ao palco. Sua ausência foi profundamente sentida pelos colegas e superiores. Afinal, ele era uma peça importante do trabalho que faziam na construção de um mundo melhor e mais bonito.

piso da cozinha era frio, poderia acalmar Uzi. Foi esse o motivo de trazê-la para cá.

 Para isso, o menino precisou de um carrinho de mão. A cachorra era mais pesada do que ele; ainda que, nos últimos anos, Perdigueiro tenha a superado na estatura. Ele a deitou com muito cuidado no chão da cozinha e, imediatamente, começou a tratar os ferimentos causados por seu pai.

— Vai doer um pouquinho, Uzi, mas depois vai ser melhor, você vai ver.

Uzi já não latia nem mostrava os dentes afiados. Estava mais calma, apesar da dor. Perdigueiro sabia reconhecer os sinais que ela dava, afinal foram criados praticamente como irmãos.

No dia em que ela chegou, o menino achou que a cachorrinha era um presente. Ele era pequeno e brincava na sala; corria até o sofá, pulava e dava uma cambalhota nas almofadas. Quando a porta se abriu, Perdigueiro levou um susto: achou que levaria uma bronca por descumprir a proibição do pai de brincar dentro de casa. Mas o homem entrou animado: em uma das mãos, trazia sua inseparável carabina; na outra, uma cadelinha que lambia insistentemente seu dedão.

Perdigueiro pulou do sofá e correu, boquiaberto, até o pai.

— Gostou?

O menino balançou a cabeça, deslumbrado.

— Troquei por umas caixas de munição com o Bastos. A cadela dele deu cria, está cheio lá.

O menino esticou as mãos para pegá-la, em um gesto que, mesmo sem vir acompanhado por palavra alguma, pedia por favor. O pai a entregou.

— Eu estou precisando de um farejador para caçar os velhos. Ele diz que a raça é boa. Vamos ver. Qualquer coisa eu ponho ela pra cruzar também. O Bastos está ganhando uma nota com isso.

Perdigueiro estava fascinado pela cadelinha em seu colo e não prestou atenção no que o pai dizia. Se prestasse, tampouco entenderia. Naquela época, com tantos anos restantes de vida pela frente, ainda não entendia nada sobre caçar velhos ou procriar animais.

– Como ela chama? – O menino perguntou.

Depois que cresceu, em nenhuma outra condição, a não ser que estivesse com bastante dor, Uzi permitiria ser carregada no carrinho de mão, como foi. Por isso, Perdigueiro sabia que ela estava sofrendo.

Com um pouco de água morna, ele limpou a região dos cortes usando um pedaço de pano e quase nenhuma força. Em alguns momentos, a limpeza se dava como um carinho; em outros, quando precisava esfregar um pouco mais forte e a respiração de Uzi respondia acelerada, ele acariciava sua barriga até tranquilizá-la de novo.

Tirou do bolso um canivete e o expandiu. Debaixo da pia, pegou uma garrafa de álcool e limpou a lâmina fria, esfregando bem. Seu pai tinha lhe ensinado algumas coisas sobre primeiros socorros, matéria que um Cão deveria saber de cor, e Perdigueiro entendia que se era necessário desinfetar agulhas caso fosse preciso dar pontos, também se devia fazer o mesmo com o canivete.

O nome só foi dado à cachorra semanas depois. Seu pai já havia começado a treiná-la, apesar dela ainda ser um filhote. Por isso, precisava de um nome: para xingá-la quando não obedecia seus despropositados comandos.

O homem não tinha paciência para educar ninguém. Seus métodos de adestramento eram tão violentos que, rapidamente, Uzi se tornou uma cachorra agressiva, bruta. Fizera do animal um monstro – e talvez fosse exatamente esse o resultado que o pai de Perdigueiro, lá no fundo, almejava. Pois quanto mais brava era Uzi, mais macho alfa ele se sentia; quanto mais assustadora a besta, mais poderoso o homem que a mantinha em sua coleira. Assim, com ela liderando as caçadas, em pouco tempo ele fez seu nome como um dos Raposas mais cruéis que a Milícia já pagou.

Da mesma maneira, e certamente almejando os mesmos resultados, ele criou o menino. Talvez por isso, Perdigueiro e Uzi se dessem tão bem: na animosidade do lar em que viviam, eram uma reserva de zêlo um para o outro.

Com muita delicadeza, Perdigueiro começou a raspar os pelos das regiões dos cortes. Fazia-o lentamente, concentrado em não causar à Uzi mais dano que já tinham lhe causado. Com o dedão e o indicador esquerdos, delimitava o espaço onde a lâmina afiada aparava os fios. Sentia na ponta dos dedos todo o corpo de Uzi: seus músculos fortes, o suor impregnado no pêlo, suas costelas inflando e se retraindo.

– Calma, Uzi. Vai ficar tudo bem.

– E você para de mimar essa cadela, moleque!

A ordem foi ouvida inúmeras vezes pelo menino ao longo de sua infância. Na primeira vez que foi dada, Perdigueiro não passava dos cinquenta e sete anos restantes e vinha se afeiçoando, cada dia mais, com Uzi. Era fim de tarde e seu pai havia acabado de voltar com a cachorra de uma caçada mal-sucedida. Chovia muito e o homem entrou em casa trovejando. Um maldito velho tinha os despistado. Com aquela chuva, os rastros se dissolviam na mata e a cachorra ficava imprestável. Uzi estava imunda, coberta de lama, e cumpria a ordem de esperar na varanda. A cadela tremia. Enquanto o homem se esquentava com seguidas doses de aguardente, Perdigueiro enxugou a cachorra e a cobriu com um pedaço de pano. Foi então que veio o grito.

– E você para de mimar essa cadela, moleque!

O homem odiava aquilo; dizia que o menino afrouxava Uzi. Precisava do monstro, da besta que o fazia se sentir maioral; que lhe garantia segurança e dilacerava os velhos que encontrava. Ela deveria ser uma segunda arma, não um bichinho de pelúcia.

– Leva ela para o canil. Não quero ver essa cadela mais hoje. – Da cozinha, o pai ordenou. Percebendo que o menino ainda a acariciava, berrou: – Agora, Perdigueiro!

Pela porta da frente, o homem viu a criança e a cadela se afastarem. O dia estava escuro. O som das gotas pesadas no telhado cobria a casa como uma manta. Na parte de fora, o piso de madeira bebia a água trazida pelas botas e as patas. Uma já enorme poça de lama que se formara em frente à escada se expandia gradualmente.

O homem sorveu mais uma dose. A aguardente lhe queimou a garganta e escorregou para o estômago vazio. Lá fora, um raio iluminou tudo de repente e logo foi seguido por uma estrondosa trovoada. Estavam completamente isolados: a fazenda, a casa, o homem. A propriedade era afastada dos principais centros urbanos, a casa estava cercada de lama e o homem não tinha nenhuma capacidade de se vincular ao menino que lhe chamava de pai. Dentro da mesma casa, viviam à margem um do outro. Como um outro raio, algo dentro dele se iluminou de repente: não podia proibi-lo de brincar com Uzi. De alguma forma, a presença da cachorra ali o isentava de sentimentalismos desnecessários com o menino. Sorveu mais uma dose. Teria que arranjar outros cachorros.

Com delicadeza e precisão, Perdigueiro terminou de raspar os pelos das áreas machucadas. Uzi estava calma e parecia ter consciência de que tudo aquilo era necessário. Continuava deitada e nem mesmo quando Perdigueiro se afastou, ela se mexeu: apenas levantou a cabeça, para checar se os cuidados continuariam. O menino voltou com dois frascos de remédio e uma caixinha com agulha e linha. Então, se ajoelhou entre as patas de Uzi e aplicou iodo em todos os ferimentos daquele lado, assoprando a área depois de cada aplicação. Depois, espirrou um anestésico e esperou alguns minutos até que fizesse efeito.

No início do adestramento de Uzi, quando a cachorra não obedecia com precisão aos comandos dados, o homem a castigava com fortes tapas no focinho — método que aprendera com um de seus colegas Raposas. Mais tarde, à medida em que Uzi foi ganhando corpo, para corrigir as ações do animal o homem trocou os tapas por socos e acrescentou pontapés nas costelas. Funcionou por um tempo. Mas, agora, Uzi tinha atingido o auge do seu vigor físico: era forte, musculosa e pesava quase trinta quilos. O pai, ao contrário, não era mais tão jovem; enfrentar Uzi de mãos vazias já não era possível. Passou, então, às coronhadas.

O mesmo aconteceria com Perdigueiro? Atualmente, ele era ainda menino e atravessavam a fase do tapa. Mas estava crescendo; muito em breve atingiria a estatura do pai. O homem passaria então para os socos e pontapés? E depois? Com Perdigueiro adulto, forte, e o pai cada vez mais próximo da idade zero, como seria? Usaria as coronhadas nele também?

Enquanto o anestésico adormecia a região dos cortes e hematomas, Perdigueiro desinfetou a agulha e passou a linha pelo buraco; depois, deu dois nós nas pontas e respirou fundo, se preparando para a série de pequenos procedimentos médicos que teria que realizar. Estava concentrado, não pensava em nada além dessa tarefa. Não percebia que, naquele instante, estava amadurecendo.

    O crescimento do corpo é visível e, em condições normais, acontece dentro de faixas etárias definidas: na idade de Perdigueiro então, ele já não tinha mais dentes de leite a trocar; havia sofrido um estirão nos últimos meses, seus braços apresentavam um comprimento levemente desproporcional; sob o nariz arredondado, uma linha fina de pelos macios se desenhava; os músculos estavam começando a aparecer e a voz dava algumas desafinadas de vez em quando. Da mesma forma, também se dá o desenvolvimento psíquico – os traços são perceptíveis e podem ser acompanhados pela idade: as primeiras palavras, a evolução do raciocínio lógico, as capacidades sociais. Contudo, ao contrário do crescimento físico e psíquico, o amadurecimento é íntimo e individual. Geralmente, é percebido não em seu desenvolvimento, mas pela sua ausência ou por sua precocidade. Apesar das expectativas, não há uma faixa etária definida, precisa, para se amadurecer. Pode-se levar cinquenta anos ou ser de repente, até mesmo em um instante.

    Naqueles minutos cuidando dos ferimentos de Uzi, a infância de Perdigueiro chegou ao fim.

◆

Uzi havia se levantado e estava bebendo água em uma vasilha oferecida por Perdigueiro. O menino tinha acabado de lhe colocar a coleira. Os pontos foram dados sem dificuldade e, pelas lambidas que ela lhe deu após a focinheira ter sido retirada, demonstrava estar agradecida, apesar de mancar um pouco.

Ele, por outro lado, não estava calmo. Cuidando de Uzi, revisitara lembranças que, naquela circunstância, ganharam novas interpretações. Pesaroso, caminhou até a sala e reparou que as infiltrações na parede já não criavam cartografias inteiras de mundos ainda não explorados. Pelo contrário: percebeu que seu mundo real era aquele: desnivelado, encardido e carcomido por cupins. Nele, sentiu falta de algo que nunca teve, que não estava ali. Justamente por ser desconhecido o objeto da falta, não compreendeu o sentimento que o tomava. Reagiu ao desconhecido da única forma que foi ensinado a reagir: convulsionado pelo ódio.

Com o canivete, Perdigueiro avançou sobre o sofá imundo e dilacerou seu estofado; chutou tantas vezes a parede que arrancou toda a tinta enrugada; com uma das cadeiras, arrancou um pedaço de madeira do piso apodrecido e, arremessando-o com toda a raiva, estourou o vidro rachado da janela. Estava dominado pela cólera. Naquele momento, não era a criança, era o bicho.

Perdigueiro não sabia, mas destruía a casa porque ela não era um lar. Sentiu ódio de tudo ali: daquele cheiro, daquele mofo, daquele pai; dos tapas, dos berros, do medo; sentia raiva de tudo o que viveram ali, mas principalmente do que não viveram; sentia ódio daquele apelido, dos treinamentos, das vezes em que ouviu que seria igual ao homem que o treinava. Nunca! Preferia viver como os velhos, metido nas matas, roubando comida das fazendas, ao invés de se tornar alguém como ele. Perdigueiro chorava, mas queria gritar.

Conduzido pela ira, Perdigueiro escancarou as portas dos armários e as gavetas: queria uma foto, uma lembrança, um brinquedo – qualquer coisa que o fizesse se sentir humano. Queria descobrir algo sobre sua mãe: por que ela não deixou nada para ele além daquele homem? Uma memória qualquer, um mísero nome. Por que não sabia nada sobre ela? Por que não podia perguntar nada? Ainda sentia na boca o tapa que o pai lhe deu da última vez que o questionou – ou seria no focinho?

Todo aquele barulho assustou Uzi. A cachorra se encolheu em um canto da cozinha e latiu, assustada, até trazer Perdigueiro de volta a si.

Percebendo que atemorizava quem tinha acabado de cuidar, o menino abriu a porta para que ela saísse. Suas mãos tremiam. Decidiu seguir Uzi e também sair; precisava respirar um ar que não estivesse impregnado pela crueldade do pai.

Do lado de fora, tentando se acalmar, virou-se para a sala e a mirou com olhos lúcidos: havia sido destruída, mas não estava muito diferente do que sempre fora.

◆

Na horta, algumas horas depois, quando o sol emaranhava a sombra em seus pés, Perdigueiro escolhia alguns temperos para colocar na sopa que faria para o almoço: já havia colhido mandioca, cenoura e cebolinha.

Estava mais calmo e se sentia envergonhado, mas não conseguia entender exatamente o por quê. O menino não compreendia seu rompante; desconhecia a própria fúria. Entre tantos pensamentos que lhe ocorriam, decidiu que, depois do almoço, arrumaria a sala e consertaria o que ainda tivesse conserto.

Algo, de repente, lhe chamou a atenção. Perdigueiro virou os ouvidos na direção do que, em milésimos de segundo, reconheceu como latidos de Uzi. Estavam muito distantes, mas ainda assim eram possíveis de serem reconhecidos. O que o preocupou é que não eram ladros de medo ou de susto, como ouvira nessa manhã; eram de outro tipo. Uzi, certamente, havia encontrado um velho.

Perdigueiro largou os ingredientes do almoço ali mesmo. Os latidos vinham da direção oposta à casa e ele partiu em disparada, cruzando a frente da sede em questão de segundos. Diante da estrada que levava à porteira, parou: precisava localizar de onde vinham os latidos cada vez mais intensos. Geralmente, os velhos eram pegos no pomar das fazendas, atraídos pelas frutas; mas não era dali que vinha o som. Perdigueiro invadiu a área de plantio saltando as covas onde já não se cultivava quase nada. Sem plantações altas, como o milho e o café, o menino levou poucos metros para avistar Uzi dando voltas em torno do antigo paiol abandonado.

Ela estava em seu modo bestial, quando os dentes mal cabiam na boca. Ignorando a dor que a fazia mancar, rosnava, latia e avançava sobre os degraus da escada para saltar sobre a porta frágil de madeira, que sabe-se lá como ainda resistia. Uzi tinha sido treinada para isso – com certeza, havia farejado um velho escondido ali dentro.

O lugar serviu para guardar ferramentas, sementes e produtos usados na plantação. Estava há tanto tempo abandonado que nem mesmo seu pai saberia dizer o que havia ali.

Perdigueiro se aproximou com cuidado. Circundou o paiol tentando olhar pelas frestas entre as tábuas. Mas era impossível: lá dentro nada se distinguia da escuridão.

– Quem está aí? – O menino gritou, vestindo a voz com tons de ameaça.

Mas não houve resposta. Uzi ainda latia. Perdigueiro apanhou seu canivete e o expandiu.

– É melhor responder, se não abro a porta e deixo a cachorra entrar.

Alerta, o menino continuava atento a qualquer sinal de movimentação dentro do paiol.

– Sabe quantos velhos ela já matou?

Uzi continuou a latir, fortalecendo a ameaça. Investia contra a frágil porta de madeira; a qualquer momento, iria ceder.

Mesmo assim, não se ouviu nenhuma resposta lá de dentro. Teria que entrar.

Diante da escada de poucos degraus, o menino segurou o canivete com firmeza. Não podia entrar de uma vez – era perigoso. Os velhos eram capazes de qualquer coisa para tentar fugir. O melhor seria abrir a porta e se afastar, sem dar chances à armadilhas. Também podia deixar Uzi entrar primeiro. Mas e se não fosse um velho?

As investidas da cadela contra a porta continuavam, cada vez mais violentas. Quem é que estivesse lá dentro, não resistiria a um ataque dela.

Decidiu, então, segurá-la pela coleira. Subiu as escadas e girou a peça simples do trinco improvisado. Apertou o canivete com força, respirou fundo e abriu, dando, logo em seguida, um salto para trás.

Precisou de toda sua força para segurar Uzi, que chegou a arrastá-lo alguns centímetros. Com a porta aberta, o sol do meio do dia cortou geometricamente o paiol sem revelar ninguém. O único movimento visível lá dentro foi uma camada de poeira que dançou iluminada pelos raios solares, que faziam às vezes de holofotes.

Perdigueiro esticou o pescoço e se adiantou, com precaução. O canivete ia primeiro, firme. Subiu os primeiros degraus e Uzi tomou-lhe a frente. Entraram. Dentro do paiol, o menino reconheceu algumas ferramentas e lembrou-se do pai usando-as para cultivar a terra. De repente, em um rompante, a cachorra avançou sobre um dos cantos cobertos pela sombra e derrubou dois caixotes. Atrás deles, revelou-se o velho.

O idoso deveria estar ali há bastante tempo, pois a luz do sol feriu seus olhos. Para protegê-los, cobriu o rosto com uma das mãos, enquanto a outra estava espalmada, tremendo, na direção de Uzi. Assim, Perdigueiro pôde inspecionar o velho antes que ele o visse. Tinha a pele clara, os cabelos e a barba branca e estava muito sujo. Parecia frágil e machucado. Tremia e o cheiro forte indicava que o medo molhara suas calças. Não dizia nada: não pedia clemência, não gritava. Os únicos gestos que fez, além de cobrir os olhos e esticar ingenuamente a mão – como se aquilo pudesse resistir a um ataque de Uzi, – foram se afastar o máximo que pôde e se encolher, encostado em uma das paredes do paiol.

Perdigueiro segurou Uzi com força. Sem perceber, baixou a mão que segurava o canivete e se aproximou do idoso. Não reparou no saco de estopa que o velho escondia atrás de si.

– Eu sou um Cão... – Perdigueiro começou a dizer, mas engasgou nas próprias palavras.

O velho descobriu os olhos e o menino pode enfim encará-lo; reconheceu neles o medo e a dor que vira mais cedo.

– Eu sou um Cão... – ele repetiu, fortalecendo a voz.

"Eu sou um Cão e você é minha presa", "Eu sou um Cão e você é minha presa", "Eu sou um Cão e você é minha presa", repetiu mentalmente. Mas a boca abria e nenhuma palavra ganhava forma.

Uzi continuava a latir e a avançar sobre o velho. Perdigueiro teve dificuldades para contê-la; precisava tirá-la dali. Precisava tirar a si mesmo daquela situação.

◆

Na área de serviço, Perdigueiro tinha a cabeça mergulhada dentro do tanque. Imerso nas próprias lembranças e dúvidas, não ouvia mais os latidos distantes de Uzi, vigiando o paiol.

Na frente da casa, em uma das colunas de madeira que sustentavam a varanda, nenhum traço novo havia sido acrescentado à contagem de velhos capturados pelo menino.

oje sonhei com a Dona Joana. Foi um sonho esquisito, sem muito nexo. Acho que minha mente está um pouco enferrujada em matéria de sonhar. Eu estava em uma cidade – não era um Centro Urbano nem uma Cidade Fantasma; era uma cidade comum, do passado, ainda sem as cicatrizes dos talhos sociais que causaram nelas. Eu andava apressada pela calçada, desviando da multidão. Lembro de ter esbarrado em uma criança e, apesar de ter consciência de que o correto seria parar, me desculpar e checar se tudo estava bem com ela, apenas segui caminhando. Até que cheguei a uma esquina movimentada e o sinal vermelho de pedestres acendeu. Eu queria atravessar de qualquer jeito, mas algo me segurava. Tentei correr, usei todas as minhas forças, mas não consegui. Aquilo que me segurava era mais forte do que eu. Então me virei e dei de cara com Dona Joana. Ela estava diferente: usava óculos e através deles pude notar seus olhos vívidos, de um castanho muito nítido, como deveriam ser antes da catarata de agora. Dona Joana sorriu para mim e percebi que ela segurava um pires com uma xícara de chá. Não consigo me lembrar da cor ou do cheiro, mas de alguma forma eu sabia que era chá. Dona Joana então me ofereceu e imediatamente senti náuseas. Neguei balançando a cabeça, mas ela insistiu. Senti vontade de vomitar e me virei de novo para a rua. A criança em quem eu tinha esbarrado estava do outro lado da esquina e me encarava. O sinal ainda estava vermelho e de repente esse vermelho começou a se desfazer, escorrendo pelo semáforo, pingando sobre a calçada."

Assim que encontrou aquela Figueira majestosa, com as raízes rompendo o solo, Piedade decidiu fazer dela seu abrigo. Caminhava há semanas por Territórios Escuros, seguindo o rio, e vinha dormindo em locais improvisados: pequenas cavernas e tocas abandonadas por animais, valas cobertas por folhas secas e em alguns trechos de areia beira-rio, tentando se esconder atrás de pedras e arbustos. Mas estava exausta. Se os locais eram improvisados, o sono também. Não dormia de fato, apenas cochilava; sua mente permanecia alerta, atenta a qualquer sinal de perigo.

As provisões que Dona Joana havia lhe dado acabaram algumas semanas após a partida. Piedade seguiu se alimentando do que colhia em seu trajeto, do que conseguia pescar e dos roubos em fazendas e Cidades Fantasmas próximas da região onde estava. Em alguns trechos, fosse por precaução ou por esperança de encontrar frutas, deixava a margem do rio e se embrenhava nas áreas mais fechadas. Em uma dessas investidas, avistou aquela Figueira enorme.

A árvore passava dos quatro metros de altura. Seu tronco era largo e levava a uma copa muito densa, que peneirava o sol e garantia uma sombra fresca nos horários mais quentes do dia – uma oferta generosa para quem necessitava de descanso. Além disso, o que mais atraiu Piedade foram as enormes raízes expostas: algumas eram tão altas que pareciam cordilheiras inteiras brotando do chão. Eram perfeitas para o que ela precisava.

Depois de decidir que seu quarto seria entre o Himalaia e os Andes, e que guardaria as coisas que carregava entre os Pirineus e os Alpes, Piedade trançou folhas de palmeira e teceu duas esteiras (o tempo na VesteNovo tinha lhe ensinado, por fim, alguma coisa): uma onde se deitava e outra que amparou no topo do Himalaia e dos Andes; em seguida, a cobriu de folhas secas. Dessa forma, além de improvisar um teto para seu abrigo, também o camuflou perfeitamente ao ambiente. Só então, enfim, Piedade pôde dormir um pouco.

"É o meu quarto dia aqui e uma pergunta não me sai da cabeça: por que nunca morei perto da água?

O rio não fica longe das minhas cordilheiras. Consigo escutá-lo em suas andanças infinitas. Suas águas embalam meus momentos de descanso... No mundo de antes, sempre vivi em cidades grandes. Acho que a multidão de rostos desconhecidos era um refúgio para mim. Queria o conforto de ser apenas mais uma. Gostava do ruído incessante: os motores, as buzinas, os vendedores, a música alta do vizinho, as portas do comércio abrindo e fechando. Na cidade, era mais fácil me esconder de mim mesma. Aqui, ouvindo o som do rio, eu me encontro a todo instante."

O quarto dia de Piedade junto à Figueira começou com aquele sonho. Acordou incomodada, mas rapidamente o esqueceu. Antes de dormir havia se comprometido a, na manhã seguinte, fazer o que precisa ser feito. Havia deixado a comunidade sem um destino certo, mas com um objetivo definido. Não dava mais para esperar.

Ao contrário das outras manhãs ali, Piedade não se banhou no rio. Os banhos não eram uma mera questão de higiene; o cheiro era um dos principais rastros que a Milícia e seus Cães, humanos ou não-humanos, perseguia. Mas, naquele dia, ela decidiu ir depois: primeiro, tinha que acender o fogo. Piedade cumpriu essa tarefa usando a pederneira que Dona Joana colocara na sacola de suprimentos – e assim como fez em todas as outras vezes que acendeu uma fogueira, agradeceu à anciã em pensamento. Em seguida, levou a vasilha com a água coletada na tarde anterior ao fogo. Restava esperar.

Sentou-se do lado de fora do abrigo, recostada no tronco da Figueira e, descumprindo o que mandava seu protocolo individual de segurança, tirou os sapatos. O alívio a fez suspirar. Piedade raramente fazia isso, nem mesmo para dormir. Quem vive na iminência de uma fuga não pode se dar ao luxo de arejar os pés; é preciso estar sempre pronto para correr. Mas eles estavam muito inchados e os sapatos os sufocavam. Seus tornozelos doíam e as mãos também estavam maiores que o normal. Dona Joana tinha alertado que isso poderia ocorrer lá pela décima terceira, décima quinta semana. Se ainda estivesse na comunidade, Inês provavelmente já teria arranjado um par de sandálias para Piedade e escondido os velhos sapatos.

> *"Gostar é conviver, mesmo à distância. Em algum lugar em mim, Dona Joana, Inês e Naná criaram uma nova comunidade. Eu posso ouvi-las. Em alguns momentos, sinto que a Inês me observa, preocupada se tudo está bem, se estou confortável e seguindo corretamente as orientações da nossa anciã. Não tenho dúvidas de que foi ela quem me pediu para tirar os sapatos um pouco. Também ouço a risada de Naná, quase sempre pelas manhãs. Tenho certeza de que ela não deve acreditar na minha justificativa para tomar tantos banhos. Segundo a Naná, eu ainda tenho a vaidade dos não-idosos.*
>
> *Só com Dona Joana a relação é diferente: eu não a encontro com frequência; apenas quando abro esse diário."*

Além de tirar os sapatos, Piedade também abriu o botão da calça. Até agora, era uma manhã cheia de alívios. A barriga ainda não denunciava seu estado, mas já começava a traçar uma resoluta batalha com a cintura nada elástica da calça de tecido grosso que usava. Estava na hora de trocá-la.

O rio que Piedade seguia, aquele mesmo que carregou os ecos de sua última conversa com Dona Joana, brotava recôndito no interior de um Território Escuro e percorria centenas de milhares de quilômetros até alcançar o oceano. Quem o navegasse em toda sua trajetória teria um panorama completo daquele mundo: em trechos de mata fechada, alimentava a sobrevivência de grupos de idosos, como o que resgatou Piedade; quando percorria Zonas Agrícolas, muitas vezes servia como fronteira para delimitar fazendas; em algumas partes, atravessava, tranquilo, cidades completamente abandonadas; mais à frente, era contaminado com os detritos de indústrias que, preocupadas em atingir sua capacidade máxima de produção – e, precavidamente, munidas com o aval da crise econômica –, pouco se importavam com seu impacto ambiental; por fim, já perto do mar, era canalizado ao adentrar Centros Urbanos, recebendo o esgoto de uma população de Narcisos que, cercados de espelhos, não precisavam mais de água tão cristalina.

Foi este rio que, em uma manhã, ainda na primeira metade de sua trajetória, levou Piedade a uma fazenda grandiosa. Certamente, era munida de um Registro de Produção Ativa, pois parecia estar no limite de sua capacidade de cultivo: da parte mais baixa da fazenda, onde o rio a cortava, era difícil ver até onde ia o milharal. Aparentemente, as águas eram a fronteira sul da propriedade; nas laterais, duas cercas demarcavam os limites com as fazendas vizinhas e penetravam, insolentemente, o rio; neste trecho, não havia banco de areia e uma curta faixa de mata ciliar ajudava a esconder duas bombas hidráulicas, que naquele momento estavam desligadas. De onde estava, Piedade tentava avaliar os riscos de invadir aquela fazenda: procurava indicações da presença de cachorros, do número de pessoas que viviam ali e se o pomar e a horta eram protegidos. Mas essa avaliação foi interrompida pelo cacarejar de mais de uma galinha e isso foi o suficiente para convencê-la: a possibilidade de almoçar alguns ovos fez Piedade passar imediatamente por entre os arames farpados da cerca. A fome não deixava dúvidas.

Curvada, tentando se esconder atrás daquela curta faixa de mata, Piedade atravessou a largura da fazenda até alcançar a cerca do outro lado. Fez isso ao mesmo tempo em que procurou mapear a propriedade: a maior parte do terreno estava reservada ao plantio – deviam estar em época de colheita, pois os pés de milho estavam altos e os cabelos dos sabugos já se pintavam de um castanho bem escuro; próximo dessa cerca, havia um pomar, onde Piedade identificou mangueiras, jabuticabeiras, amoreiras, pés de laranja, limão e mexerica, e até mesmo três caquizeiros, que nunca mais tinha visto desde a infância; acima do pomar, havia uma casa de apenas um piso, que provavelmente era a sede da fazenda. Entre o pomar e a sede ficava o galinheiro. Não seria difícil chegar.

De repente, um estrondo fez Piedade petrificar.

De modo abrupto, o barulho de motor invadiu a beira do rio. Não era um som alto, mas o suficientemente grave e mecânico para assustar quem o ouvisse. O estrondo inicial se estendeu em uma frequência de ruídos maquinais, fazendo com que o corpo de Piedade vibrasse por inteiro. Naqueles ínfimos instantes dilatados pela adrenalina, Piedade teve certeza que o som pertencia a um automóvel que a cercava, mais exatamente um jipe, e logo imaginou três ou quatro milicianos, armados, prontos para capturá-la. Um calafrio disparado pelo coração irradiou seu corpo até alcançar as extremidades; Piedade sentiu as mãos suando e os pés prontos para correr.

O motor, o jipe, as armas... ao imaginar a captura, pensou no bebê que trazia no ventre – e se surpreendeu com o pensamento que lhe ocorreu.

Como o som do motor não se aproximou, Piedade descartou a possibilidade de ser encurralada por milicianos. O barulho tampouco se distanciou e a própria ideia de que ele viesse de um carro foi afastada. Então Piedade se virou: os dois motores hidráulicos haviam sido ligados. O barulho vinha deles.

Piedade se deixou cair e o estado de alerta diluiu-se pelo seu corpo. Tudo nele parecia querer dar sinais de que estava vivo: sentiu as pernas formigarem e uma forte vontade de urinar; sua cabeça pulsava, os dedos abriam e fechavam, e o coração, apesar de bater forte, demonstrava estar se acalmando.

Aliviou-se ali mesmo em um buraco que fez com a mão e que depois cobriu com terra. Em seguida, tornou a se levantar e decidiu agir rápido. Já passava das nove da manhã e quem quer que morasse ali deveria estar trabalhando na roça; a casa provavelmente estaria vazia.

O plano era cruzar o pomar e ir direto ao galinheiro; o foco principal eram os ovos, mas se tivesse chance, quebraria o pescoço de uma galinha e também a levaria. Na volta, pegaria as frutas mais à mão e iria embora com o rio.

Imediatamente, Piedade se colocou em ação. Agachada, cruzou a faixa de mata e entrou no pomar. O local parecia receber cuidados constantes: o chão estava varrido e havia dois ou três pilhas de folhas secas espalhados pela área. Os pés de laranja e mexerica estavam carregados: o cheiro da mexerica, uma de suas frutas preferidas, era uma tentação para Piedade, mas ela resistiu. Rumou ao galinheiro.

A parede lateral da casa servia de fundo a uma estrutura retangular pequena e baixa, construída de estacas e tela de arame. Lá dentro, paralelo à parede, um poleiro alto atravessava sua extensão. Mais baixo, algumas caixas de madeira forradas com palha e, no chão, dois pedaços de cano pvc cortados horizontalmente, um cheio de água e outro de milho. Piedade se aproximou devagar, tentando não assustar os bichos. Contou dois pequenos garnizés e umas dez galinhas. Seu objetivo inicial eram as caixas de madeira: era ali que elas chocavam. Se ninguém tivesse recolhido os ovos ainda, Piedade se contentaria com alguns omeletes nas próximas refeições; caso contrário, mataria ali mesmo uma ave e levaria embora.

A portinhola do galinheiro dava para os fundos da casa. Mantinha-se fechada por um sistema simples de molas e uma trava de madeira. Ao se colocar diante dela, porém, Piedade avistou a área de serviço da casa: no varal, algumas peças de roupa secavam. Eram peças masculinas e femininas, jaquetas, camisas, meias, roupas íntimas; entre tudo isso, o que mais chamou atenção de Piedade foi uma calça de moletom – sua barriga tinha começado a se incomodar com a cintura magra da calça velha que vestia. Se a levasse, ainda poderia dar nós nas pernas e usá-la de cesto para conseguir levar um número maior de ovos. "Dois coelhos com uma cajadada só", pensou. Com certeza, valia desviar um pouco do plano original.

Mas ao passar em frente à janela dos fundos da casa, que dava para a cozinha, uma mulher a viu.

"*Eu não precisei me virar para saber que tinha sido descoberta. Quando passei em frente à janela, pude sentir o olhos da mulher me tocarem. Por um reflexo bobo, um instinto de sobrevivência leviano – como se isso me tornasse invisível –, prendi o ar. Ela, por outro lado, deve ter perdido o seu. Ficamos as duas inertes, respirações suspensas, até que o barulho de vidro se estraçalhando nos despertasse novamente.*

Ela era um pouco mais nova que eu, devia ter por volta dos cinquenta e cinco, sessenta (ainda me recuso a contar a idade conforme as novas regras; é o meu pequeno ato de resistência). Sua pele era um pouco mais clara que a minha, mas bastante queimada pelo sol. Era uma mulher alta e o trabalho na roça devia forjar seu corpo como o martelo forja o ferro: os músculos eram evidentes sob a pele já flácida, os ombros se mantinham largos e a feição era tão dura quanto uma enxada. Tudo nela transmitia robustez e firmeza – com exceção da xícara que deixou cair quando me viu.

Ficamos um longo momento nos encarando. Se a mão dela tremia, meu peito se desencontrava com minha respiração. Afinal, estávamos diante do temível 'outro' – o que é diferente, inaceitável; o que nos foi ensinado a expelir. Eu sou uma velha: o atraso, a culpa, a que deve ser subtraída. Ela é uma não-idosa: a solução, o trabalho, a promessa de futuro. E, para nós, também o perigo.

Encarávamos uma a outra, mas só enxergávamos o medo. Assim como pensei em fugir, correr para o rio, pegar qualquer objeto com o qual pudesse me defender, também pela cabeça dela devem ter passado coisas como gritar, pedir ajuda ou mesmo me atacar. Ainda bem que o despedaçar da xícara ainda ressoava em meu ouvido e não escutei nada do que meus instintos mandavam. Apenas perguntei se ela tinha se machucado.

A mulher engoliu seco e depois de piscar algumas vezes, um sinal da consciência retomando seu posto, negou com a cabeça. A xícara caiu perto do seu pé descalço, mas nenhum caco o atingiu. Ela agradeceu a pergunta. Eu acenei com a cabeça e ameacei sair. 'O que você ia pegar?', ela perguntou, de repente. Com coragem, sem saber ao certo por que eu continuava ali, me voltei a ela e respondi que precisava de uma calça nova. Da cozinha, ela esticou o pescoço sobre a janela e olhou minhas roupas: estavam sujas e colecionavam alguns rasgos. Então, ela deixou sua posição, se afastou e abriu a porta. A mulher foi direto para o varal, tirou os pregadores e apanhou a calça de moletom. Quando fez menção de se virar para mim, algo mais deve ter passado por sua cabeça, porque ela se voltou e pegou algumas camisetas (provavelmente suas), meias e até mesmo a jaqueta. Enrolou tudo em um bolo só e me entregou. 'Espera', ela pediu.

Pela janela, vi a pressa com que ela agiu: pegou um saco de algodão cru sob a pia e começou a enfiar nele o que acreditava ser de minha necessidade: frutas, legumes, uma garrafa de leite, uma caixa de ovos – o que me fez sorrir daquela ironia; da mesa, pegou um pedaço de bolo e alguns pães. Veio até mim e disse com urgência que eu precisa

> ir, pois o marido e os filhos estavam voltando. Eu
> agradeci, ao que ela respondeu apenas com um
> objetivo 'Vai'."

Aliviada por finalmente dar um respiro à barriga, Piedade recordou, agradecida, sua benfeitora. Gostaria de saber seu nome, para anotar no diário. Assim como Dona Joana, Inês e Naná, Piedade queria deixar aquela mulher – que este mundo tinha conseguido endurecer por fora, mas não por dentro – registrada em sua própria história de resistência.

Do vale entre os Pirineus e os Alpes, puxou o saco de algodão cru e tirou dele a calça de moletom – macia, limpa e, o que mais importava naquele momento: com elástico na cintura. Junto com o saco, pegou também, entre as coisas que carregava, uma sacolinha plástica com ervas que vinha coletando pelo caminho: canela, boldo, bucha do norte. Havia deixado a comunidade sem um destino certo, mas com um objetivo definido. A água na vasilha já fervia. Estava na hora de preparar o chá abortivo.

iara."

    Foi a única informação concreta que Daren conseguiu naquelas duas horas escuras que passou seguindo a garota pela mata. Ainda assim, o nome foi dito às pressas e a contragosto. "Território Escuro é lugar de silêncio", ela falou. Garantiu que responderia todas as suas perguntas quando chegassem; mas enquanto isso, que ele ficasse quieto. "E pisa só onde eu pisar.", advertiu.

"Chegassem onde?", Daren ia perguntar, mas se calou. Afinal, quem se ofereceu para segui-la foi ele. Logo, Niara não lhe devia resposta alguma.

A conversa estéril, se é que aquela troca de palavras pudesse ser considerada uma conversa, ocorreu logo no início da caminhada, quando deixaram para trás os arredores do shopping e o perímetro da Cidade Fantasma. Por um considerável tempo, portanto, Daren marchou em silêncio.

A boca fechada, entretanto, não calava o alvoroço interno. Quem era aquela menina? Agia sozinha? Quem ela ajudava? O ruído de tantas perguntas se chocando, em um tráfego desordenado e confuso, era tão estridente que mal permitia a Daren uma análise mais racional da situação.

Foi preciso o cansaço de alguns quilômetros para balancear o silêncio de fora com o tumulto de dentro. Não demorou para acontecer: Niara tinha pressa e revelava-se acostumada com a travessia. Pisava firme, mas sem fazer barulho; desviava dos galhos com destreza, sem perder a velocidade. Era fatigante acompanhá-la. Como se fosse dia, guiava-se com facilidade suportada, unicamente, por uma pequena lanterna de mão. O facho de luz branca desacortinava o negro da noite e era o único rastro possível de Daren seguir, já que a própria garota se camuflava entre árvores e escuridão.

Em muitos trechos, não havia trilha riscada e, tampouco nas áreas de mata mais fechadas, encontraram sinais de picada aberta. Em alguns momentos, desconfiou que Niara não sabia, de fato, para onde estava indo. Talvez aquilo tudo fosse uma loucura. Chegou a acreditar que andavam em círculos, perdidos. Assim como Niara não falava, a mata também mantinha sigilo. Quem sabe o plano das duas era cansá-lo. Se fosse, estavam conseguindo.

Daren levou algum tempo para perceber que, de tempos em tempos, o foco da lanterna de Niara pousava sobre algumas marcas cravadas em troncos de árvores. Ela estava, afinal, seguindo um caminho.

Não eram palavras ou sinais universalmente estabelecidos; eram marcas simples, traços discretos que se cruzavam de diferentes maneiras, criando um código básico de localização. Niara não só os compreendia como os decifrava facilmente, pois bastava que o foco de luz da lanterna os encontrasse para que ela, de modo imediato e decidido, tomasse uma direção, como se obedecesse a seta de uma placa de trânsito.

Em um determinado ponto do trajeto, aos pés de um destes troncos sinalizados, Niara encontrou uma mochila e dois sacos pretos grandes. Estavam sujos de terra e cobertos por folhas secas que caíam das árvores. Daren, em sua apressada leitura da situação, com o raciocínio acostumado à desatenção prática e conveniente de quem vive em privilégio, assumiu que aquilo era lixo, deixado ali sabe-se lá por quê. Mas Niara prontamente apanhou um dos sacos e jogou sobre o ombro. Em seguida, perguntou se Daren dava conta de levar o restante.

Um pouco atônito, envergonhado por não conhecer nada além do que aquela juventude programada lhe oferecia, Daren assentiu, ajustou os óculos no nariz, colocou a mochila às costas e o outro saco sobre o ombro. No auge de seus trinta anos restantes, tentou dissimular o peso inesperado, mas um gemido esbaforido o denunciou. Niara riu; a garota demorou um instante para retomar a caminhada – instante em que deve ter pensado em fazer alguma brincadeira com Daren, mas não disse nada. Território Escuro é lugar de silêncio.

(Mais tarde, Daren descobriria que muitas pessoas faziam doações daquela forma à Vigília. Isso porque financiar qualquer grupo ou atividade como aquela era considerado um crime Lesa-Nação, categoria para a qual estavam previstas as punições mais severas do Código Penal do Governo Hebeísta. Assim, com medo de levar pessoalmente as doações e serem pegos, os benfeitores deixavam-nas em pontos da rota, sabendo que alguém as recolheria e as levaria aos locais destinados.)

O generoso peso das doações distendeu a percepção do tempo. A metade final da caminhada deu a impressão de durar o dobro ou o triplo do que levaram na inicial. A mochila empapava-lhe as costas de suor e os ombros revezavam-se nas reclamações de dor a cada cinco minutos carregando o saco. A segunda hora de trajeto, definitivamente, foi a pior, mas pelo menos calou os pensamentos de Daren. Toda a excitação causada pelas inúmeras quebras de regra em uma única noite – flagrar um comportamento suspeito; não denunciá-lo; tornar-se cúmplice de uma atividade que feria a nova ordem do Estado; além de se meter em um Território Escuro confiando sua vida à uma ladra – não resistiu mais do que dez ou quinze minutos naquelas condições. Daren estava exausto e sobrecarregado; naquelas condições, até mesmo as inúmeras perguntas que gostaria de fazer escorriam-lhe, salgadas, pela testa.

Apesar de dilatado, porém, o tempo não deixou de correr. Ao fim daquela segunda hora de caminhada, a madrugada deu seus primeiros sinais de desistência e Niara, até então um vulto negro camuflado entre troncos e árvores, possível de ser seguido apenas por causa da lanterna, revelou-se com maior nitidez para Daren. Em algum momento do trajeto, ela prendera os cabelos em um turbante estampado e amarrara o casaco à cintura; também estava suando àquela altura, mas sua feição não tinha sido devastada pelo cansaço, como a de Daren.

Enquanto a luminosidade avançava impiedosa para reconquistar seu espaço, Daren também pôde perceber a agilidade e a fluidez com que Niara desbravava o Território Escuro. Reparou também nos rastros que ela deixava para trás. Eram pegadas, mato pisado, alguns galhos quebrados – e por mínimos que fossem, eram vestígios que poderiam ser fatais. Mesmo sem se dar conta, riscavam uma trilha que poderia ser seguida, trazendo perigo para...

Daren ainda não sabia dizer quem exatamente corria risco caso a polícia seguisse as pegadas, o mato pisado e os galhos quebrados. Mas já tinha escolhido um lado. Desde que passara a frequentar as cerimônias de *Felix Mortem*, sabia que não queria estar do lado dos que compactuavam com aquele mundo.

Apreensivo com a possibilidade de revelarem a rota secreta para onde quer que fosse, Daren se virou para conferir os sinais que ele próprio estaria deixando na mata – e neste movimento, teve o que, mais tarde, acreditou ser um déjà vu.

O cheiro da terra, a imponência das árvores, os sons das folhas e dos bichos; o dia amanhecendo entre as copas, os estalos dos galhos se rompendo, o cuidado para não ser visto. Em um vislumbre que não durou mais que um milésimo de segundo, Daren se viu – ou se reviu – sozinho, sentindo a respiração da mata. Não ficou apreensivo ou alerta; pelo contrário:

tudo aquilo lhe causou uma estranha, mas prazerosa sensação. Era como se a mata fosse seu refúgio.

Contudo, não teve tempo suficiente para decifrar seu sentimento. Quando voltou à trilha, Niara estava parada diante de uma enorme tela de arame.

– Chegamos.

◆

Só poderia ser uma sigla. Mesmo assim, era estranha. Afinal, siglas geralmente são curtas e essa era muito extensa; tinha iniciais suficientes para escrever uma frase inteira. Além disso, a combinação de letras era pouco usual. Tantos C's e O's em sequência; Daren não conseguiu formular nenhuma frase usando apenas essas iniciais. A não ser que escondesse um código. Por exemplo: ao invés das letras iniciais, a sigla foi composta utilizando as letras finais. Mas que tantas palavras em português terminavam com C? A não ser que fossem palavras em um idioma estrangeiro. Ou até mesmo uma língua criada por eles mesmos; já que tinham criado um código próprio de sinalização, por que não poderiam inventar um idioma? É uma possibilidade. Lembrava-se bem: "Cocoon", foi isso o que Niara disse e o que liberou, imediatamente, a entrada deles na comunidade. "Cocoon". Daren não tinha a menor ideia do que significava.

A comunidade era protegida por duas cercas feitas de grade e reforçadas no topo com rolos de arame farpado; entre elas, havia um espaço de aproximadamente dois metros, totalmente coberto por coroas-de-
-cristo. O portão de entrada era amparado por duas torres, estruturas feitas de madeira e ferro, e, assim como a cerca, também era duplo. Foi diante do primeiro portão que Niara disse a senha – e ele se abriu.

Daren avançou devagar e reparou nos dois vigias que guardavam a entrada: um deles estava munido de um antigo binóculo militar, o outro usava um boné de inverno que cobria suas orelhas; ambos pareciam já ter ultrapassado a idade zero. "Bem-vindos à Mina", um dos vigias disse, antes de abrir o segundo portão.

Niara cumprimentou os vigias idosos chamando-os pelos nomes, mas eram tantos os detalhes que Daren tentava desesperadamente absorver que aquela informação lhe escapou. O vigia com o binóculo militar perguntou qualquer coisa sobre Niara ter ouvido algum choro nas ratoeiras e ela negou. Enquanto passavam pelo segundo portão, ela explicou que haviam inúmeros alçapões espalhados pelo entorno da comunidade. Eram buracos profundos onde, quem caísse, teria o corpo atravessado por estacas e lanças de madeira. "Você reparou nos sinais nas árvores?". Sim, ele tinha reparado, mas nem lhe passou pela cabeça que haviam acabado de cruzar um terreno protegido por armadilhas. "Herança dos Quilombos", Niara falou, orgulhosa, sem se dar conta que Daren não conhecia essa outra história de resistência.

Com as trancas ainda ressoando atrás deles, Niara determinou que rumassem direto para a praça central. Ali poderiam deixar os sacos, a bolsa e a mochila junto com as outras doações, se hidratar e descansar um pouco. Hoje o dia seria bastante movimentado, ela avisou, e aqueles minutos antes do sol acordar a todos poderiam ser valiosos.

De fato necessitava descansar. Após todo aquele tempo caminhando, uma dor incomodava Daren: a cada passo, o tornozelo sentia uma leve pontada que parecia cruzar a cartilagem de um lado a outro. Além disso, a lombar também passou a reclamar, na meia hora final de trilha, do esforço de carregar o peso das doações. Daren também tinha sede e sono; o céu já clareava e estava há quase vinte e quatro horas acordado. Mas simplesmente não conseguia, tampouco queria, descanso. Assim que entrou na comunidade, sua mente despertou, curiosa e atenta, à cada detalhe do lugar, como se tivesse acordado de um sono tranquilo e revigorante.

O portão de entrada estava localizado em um canto onde se juntavam a extensa cerca lateral e a de fundo, mais curta. Era uma área enorme, plana e seria perfeitamente retangular se um imenso paredão de pedra não cortasse, na transversal, o canto oposto ao da entrada. No céu, a claridade começava a manchar os resquícios da noite com uma coloração difusa, vinda dos lados do portão. Enquanto fazia suas primeiras anotações mentais sobre o terreno, Niara se distanciou quase dez metros e Daren precisou apertar o passo para alcançá-la.

A entrada da comunidade era uma espécie de largo, bastante amplo, todo de terra batida. Niara seguiu por ele, tendo à sua direita a cerca lateral e, à esquerda, quatro fileiras, separadas por três ruas, de casas simples, construídas de madeira ou sapê. Daren não conseguiu contar com precisão, mas cada fileira deveria ter por volta de dez casas, aproximadamente. Apesar de, àquela hora, não haver ninguém nas ruas ou no largo, e do silêncio predominar, Daren deduziu que era uma comunidade bastante numerosa, com mais de cem pessoas. Gostaria de confirmar com Niara se aquele era um número razoável para se supor, mas ainda não tinha certeza se já estava liberado para fazer perguntas.

O largo acabava na altura da última fileira de casas. Dava em uma área com diversos barracões, maiores e mais robustos. Pela bigorna na frente de um deles, Daren concluiu que ali era uma ferraria, assim como o barracão ao lado devia ser uma marcenaria, pela quantidade de tábuas de madeira encostadas na parede. Tudo era organizado e limpo, e Daren se perguntou sobre como deveria ser a divisão de tarefas entre os moradores.

Niara tomou a esquerda e continuou rumo ao paredão de pedra, que ficava muito mais alto à medida que se aproximavam dele. Enquanto a seguia (ele não percebeu que continuava pisando onde ela pisava), Daren observou, atrás dos barracões, uma enorme área de cultivo e desconfiou que também houvesse um espaço reservado à cria de animais – desconfiança que em pouco minutos se confirmaria com o canto dos galos e os mugidos matinais dos bovinos.

Um pouco mais à frente, o som de um motor ligado chamou a atenção de Daren. Na parte de trás de uma enorme tenda branca, construída com estrutura metálica e lonas de qualidade reforçada, Daren identificou um gerador. Claramente, aquele local recebia mais cuidados que as outras construções da comunidade. Daren se perguntou o que seria, mas não conseguiu nenhuma pista – quando finalmente parassem, faria essa pergunta para Niara.

Tomaram a direita ao se aproximarem da tenda e, enfim, chegaram.

A praça central tinha formato de semicírculo e se deitava aos pés do paredão de pedra. Era uma área aberta e agradável, toda contornada por árvores que abrigavam, sob seus galhos, algumas mesas coletivas e longos bancos de madeira. Cinco ou seis não-idosos já movimentavam a praça: eles abriam sacos, como aqueles que Niara e Daren trouxeram, e dispunham as doações sobre as mesas, separando-as por categorias. Niara foi recebida com saudações; caminhou até o centro da praça, deixou ali as doações e indicou que Daren fizesse o mesmo.

Enquanto ela cumprimentava seus conhecidos, Daren procurou um local para se sentar. Alguns metros distante do centro da praça, recostou-se a uma árvore. Inflou o peito, lentamente, e se deleitou com o ar mais frio e mais puro que o do Centro Urbano. Esticou as pernas e sentiu a cabeça pesar, cada vez mais, à medida que expirava. Os olhos percorreram o que as pernas estavam cansadas demais para fazer e, dessa posição, foi que, finalmente, reparou na bica que brotava do paredão. Mais tarde, em torno do fogo, ele ouviria que a fonte de água cristalina, gelada e ininterrupta, além de ser a origem do nome, também era "pedra fundamental" da comunidade. Foi em torno dela que os idosos fundadores armaram suas primeiras barracas.

— Bebe um pouco. — Niara se aproximou. — Dizem que é o segredo dos velhinhos daqui. — Ela trazia na mão uma caneca de alumínio cheia daquela água.

Daren bebeu com tanta sede que deixou uma boa parte escorrer pescoço abaixo.

— São todos da Vigília — Niara disse, com a voz bem mais tranquila do que na festa e na mata. — Descansa um pouco, depois eu apresento você.

Daren pensou em dizer que tudo bem, que não precisava de descanso, mas a dor no tornozelo e na lombar facilmente o convenceram do contrário. Além disso, Niara completou dizendo que também iria cochilar alguns minutos. Assim, Daren poderia descansar sem culpa.

Com os sapatos desamarrados, o óculos dobrado na gola da camisa e a blusa enrolada servindo de apoio para a nuca, Daren relaxou os ombros e deixou os olhos vagarem mais um pouco. Eram uns vinte sacos e mochilas no centro da praça; os não-idosos tinham aberto alguns poucos deles e, pelo que Daren podia notar, havia roupas, calçados, cobertores, toalhas, alimentos enlatados...

Sem que a pudesse controlar, sua mente voltou à árvore onde ele e Niara encontraram as doações; em seguida, vagou, sem rumo, por alguns trechos da mata, imaginando os alçapões; perdida, revisitou a festa em sua homenagem, o shopping abandonado, a Cidade Fantasma e o consultório médico, fatiado em luz e sombra. Em menos de um minuto, Daren estava dormindo.

♦

Nas manhãs ali, debaixo daquelas árvores, o sol era servido coado. A incidência mais forte dos raios era filtrada pelas altas copas; em seguida, nas camadas inferiores, se diluía por entre galhos e folhas. Desse processo, extraía-se apenas a luz, que tocava o chão, ou a pele de quem dela ali se servisse, com uma suavidade deliciosa.

A praça ainda contava com aquele brotar constante de água fresca que, mesmo em dias quentes, amenizava a temperatura e ainda proporcionava, para o deleite de quem ali gostava de descansar, um som tão agradável que alguns sonhos podiam navegar por ele.

Assim era a praça da Comunidade da Mina: um lugar tranquilo, mesmo quando movimentado; que se assemelhava às antigas praças das pequenas cidades do interior. Um local de encontro, onde se davam as conversas serenas, atualizava-se do mundo e se assoprava a brasa das memórias de cada morador.

Apesar de tudo isso, porém, quando Daren acordou, foi como se tivesse recuperado o ar, de repente, após alguns minutos agonizantes de apneia. Despertou, assustado, sem saber onde estava.

Ergueu-se subitamente e tentou encontrar qualquer detalhe que lhe fosse familiar. Viu as mesas comunitárias, o paredão de pedra e a bica jorrando água sem parar. Viu uma multidão de velhos, um pequeno grupo de não-idosos e nenhuma ameaça velada de guerra entre eles. Definitivamente, nada naquele local onde acordara lhe era familiar.

A sensação estranha teve uma duração breve, mas suficientemente desconcertante. Só terminou quando, do meio da multidão, uma garota, usando um turbante, surgiu caminhando em sua direção. "Niara", se lembrou. Então, pronta e nitidamente, também se recordou de tudo o que acontecera desde o início da noite passada até aquele momento e de todas as perguntas que tinha para ela.

— Desculpa... eu não queria dormir tanto. — Ele disse, sem graça.

— Mas precisava. A caminhada, com todo aquele peso, foi cansativa. — Niara respondeu, finalmente simpática e usando, só nessa frase, um número maior de palavras que usara ao longo de toda a jornada até aqui.

— E você, não descansou?

— Aham, um pouco. Mas estou acostumada. — Ela respondeu displicentemente, tentando fazer com que Daren se sentisse menos culpado por ter dormido um pouco mais. — Precisamos de ajuda com as doações... Você vem?

Dessa vez, enquanto percorriam toda a extensão da praça, Daren se colocou ao lado de Niara; não era mais necessário pisar somente onde ela pisava.

Caminhavam sem pressa, sem peso e, aparentemente, sem um roteiro pré-definido. Enquanto Niara lhe apresentava o lugar, também contava que aquela comunidade possuía a melhor estrutura entre todas que já visitara – e que também era uma das mais numerosas. Ao ouvir isso, Daren até se lembrou da pergunta que gostaria de fazer sobre a população, mas não fez. Quando chegaram na comunidade, a praça estava vazia; mas agora uma agitação a tomava por inteiro – da mesma forma que captava toda a atenção de Daren. As mesas comunitárias, tal qual gôndolas de um supermercado, agora dividiam-se por categorias de produtos. A primeira em que passaram estava coberta por roupas: camisas, calças, blusas, meias, cuecas, calcinhas. Idosos mais novos, mais velhos, mais e menos saudáveis, organizavam-se em filas para poder escolher as peças que precisavam. Uma senhora, que devia ter uns quinze anos além da idade zero, levantou uma calcinha o mais alto que pode, segurando-a com as duas mãos contra a luz, provavelmente tentando enxergar melhor algum detalhe do tecido rendado; ao lado dela, um senhor, ainda mais velho, experimentou uma jaqueta que estava super na moda entre os não-idosos – Daren se lembrou de ter visto três ou quatro exemplares dela na festa da noite anterior. Mais à frente, na segunda mesa, estava disposto todo tipo de alimento, e um jovem ajudava os idosos a colocarem o que precisassem dentro de suas sacolas. Já quase do outro lado da praça, cruzaram uma mesa repleta de livros. Com alguma dificuldade, um idoso de mãos trêmulas abriu um exemplar diante do rosto e cheirou. Parecia extremamente feliz. Também chamou a atenção de Daren uma gargalhada sincera de uma idosa que, próxima da terceira mesa, e abraçada a uma pequena latinha azul de um creme antirrugas da Puer, dizia que esperou anos por aquele produto, pena que foram anos demais. A brincadeira arrancou risos de todos os idosos ao redor dela, que cincundavam uma mesa de produtos de estética e higiene. Daren não deve ter conseguido disfarçar sua expressão, porque imediatamente ouviu Niara perguntar: "Surpreso por quê? Eles não podem ter vaidade?".

No centro da praça, uma longa mesa havia sido armada para o café da manhã: pães, bolos, bolachinhas e chás, além das cinco garrafas de café e uma infinidade de frutas, atraíam bastante gente. Quando se aproximaram do local, Niara contava a Daren sobre como a comunidade mudou ao longo do tempo, desde o primeiro acampamento, ao redor da bica, até a organização atual, da qual ela mesma tinha participado em alguns momentos: ajudara na construção de algumas casas e, recentemente, quando instalaram um portão de emergência escondido em uma fenda do paredão, também participou da criação de uma rota de fuga até o rio mais próximo. Daren lhe perguntou quantas vezes ela já tinha estado ali, mas antes que pudesse responder, Niara ouviu alguém chamar seu nome.

Atrás deles, um idoso apontava, com uma elegante bengala de madeira e acabamento em marchetaria, duas caixas de papelão.

– Você leva essas para a enfermaria? – Ele perguntou.

Sua voz carregava as marcas dos pequenos desgastes do tempo; mas, ainda assim, surpreendia com gravidade e potência. Ao olhar para o velho, Daren teve a impressão de que tudo nele guardava essa mesma dualidade: o homem tinha a coluna levemente curvada, mas sua estatura e atitude mantinham-no altivo; a pele de seus braços era enrugada e ressecada, mas seus movimentos com a bengala eram precisos; não era ágil tampouco rápido, mas ao mesmo tempo em que dava aquele comando para Niara, também instruía, ao menos, dois outros não-idosos.

Niara respondeu que sim, claro, e prontamente se dirigiu às caixas.

– Você dá conta? Está pesado, menina. – O idoso advertiu.

– Ele me ajuda, Professor. – Ela respondeu, apontando Daren com a cabeça.

Daren se aproximou, tão prestativo quanto Niara.

– Este eu ainda não conheço. Primeira vez? – O idoso estendeu a mão.

Professor Jacinto tinha a pele negra, retinta, e só as laterais da cabeça ainda eram cobertas por cabelos, tão brancos e crespos quanto sua barba; seus olhos pareciam guardar a profundidade de uma gruta submersa, mas transmitiam a paz de um riacho.

– Veio comigo, Professor. Mais tarde apresento ele. – Niara respondeu, enquanto os dois se cumprimentavam.

As caixas estavam cheias de remédios e pequenos utensílios hospitalares, como luvas, seringas e agulhas. Enquanto levantava uma delas, Daren pensou que aquelas doações só poderiam vir de alguém com acesso a hospitais; de que outro modo conseguiriam aquele tipo de material? Mas seu pensamento não conseguiu ir longe: Niara já levantara a sua e partira, deixando-o para trás. Antes de se afastar, Daren pôde perceber que, mal havia dado a ordem à Niara, o Professor Jacinto já coordenava outras três ou quatro pessoas. Sim, o dia seria bastante movimentado.

Ao deixarem a praça, Daren seguiu Niara na direção daquela enorme tenda branca, provida de gerador e merecedora de mais cuidados que as outras estruturas da comunidade. Deduziu que ali era a enfermaria – e aquelas regalias fizeram sentido.

Entrou logo depois de Niara e, mesmo sabendo que iria encontrar ali uma enfermaria, com suas macas e pacientes, surpreendeu-se com o que viu. O lugar era muito iluminado e limpo. O ambiente era calmo e, ao contrário do que acontecia na praça, o silêncio abarcava a todos. Além disso, vista de dentro, a tenda parecia guardar um espaço maior do que podia imaginar quem a observava de fora. Havia três longas fileiras de macas, mais da metade delas sendo utilizadas, além de pouco mais de uma dezena de leitos apartados por cortinas. Poucos não-idosos trabalhavam na enfermaria – os próprios idosos cuidavam daqueles que precisavam de ajuda.

Assim que entraram, um idoso de roupas claras avistou Niara e pediu sua ajuda para dar banho em uma senhora. Dessa forma, Daren ficou com as duas caixas, sem saber ao certo para onde deveria levá-las. Ele correu os olhos pelo lugar e viu, ao fundo, uma série de armários. Devia ser lá o local de entrega das doações.

No caminho, porém, antes mesmo de chegar à metade da enfermaria, uma idosa de touca se dirigiu a ele com um pedido: precisava de alguém para ajudá-la a trocar de maca um senhor muito debilitado.

Como nunca tinha pisado em uma enfermaria, ou sequer tido a experiência de cuidar de alguém, sua falta de jeito ficou evidente. Mas com a urgência da situação e as rígidas indicações da idosa – chamavam-na simplesmente de "Doutora" –, ele rapidamente se esqueceu de suas limitações. Daren transferiu o senhor debilitado de maca, assim como ajudou na troca de curativos, na higiene, na hora de dar remédios, na limpeza dos banheiros, nos exercícios de reabilitação e nos banhos. Acompanhou a Doutora por horas, acatando todas as suas ordens. O que não sabia, aprendeu; ao que tinha objeções, superou-as; o que nunca imaginou fazer um dia, fez naquela tarde.

Em um momento, enquanto ajudava um paciente a se enxugar após um banho, Daren viu, de longe, a Doutora vasculhar as duas caixas de doações. Irritada, sem encontrar o que precisava, ela se levantou balançando a cabeça negativamente e deu um chute em uma das caixas, assustando alguns ajudantes que estavam por perto. O gesto desesperado fez com que Daren se lembrasse da sua consulta na clínica, exatamente o oposto daquela situação. O consultório chique, o plano de saúde que lhe dava cobertura completa, o doutor que resolvia problemas simplesmente com plásticas e alucinógenos... Compreendeu que, se não se envolvesse em nenhum acidente ou tragédia, viveria com boa saúde até a idade zero. Até se tornar um idoso, teria acesso aos melhores remédios e aos mais avançados tratamentos; nunca veria seu médico se irritar por não encontrar o que precisa em uma caixa de doações.

A manhã invadiu a tarde. Daren não teve tempo para sentir fome ou sede; tampouco parou para ir ao banheiro. Durante todas aquelas horas passadas na enfermaria, enquanto aprendia a ajudar quem necessitava, Daren escutou os pacientes lhe contarem sobre suas dores, suas queixas e também, aqueles que se sentiram à vontade para compartilhar, deu ouvidos às suas saudades e lembranças. Já no fim da tarde, enquanto limpava os ferimentos na lombar de um senhor que não podia mais ficar de pé e o ouvia contar sobre como se despediu dos netos no dia de sua fuga, Daren sentiu vontade de chorar. Mas também não teve tempo para isso; outros precisavam de cuidados.

◆

Como o sol se punha atrás do paredão de pedra, a praça da Comunidade da Mina, por volta da cinco da tarde e apesar do céu claro, já se cobria de sombras. Foi neste horário em que todos os idosos e não-idosos, depois de trabalharem o dia todo, se reuniram para almoçar.

As mesas comunitárias, finalmente, reconquistaram suas funções originais e agora recebiam pequenos grupos para comer. Nas missões da Vigília, a refeição simples e farta era servida sempre naquele período do dia, após cumprirem todas as tarefas programadas para a visita. Estavam todos exaustos, mas não havia abatimento. A satisfação é que temperava o almoço.

Sem perceber, Niara se sentou na mesa onde, mais cedo, foram dispostos produtos de cuidados estéticos, muitos deles da Puer. Daren a acompanhou e ocupou o lugar ao seu lado, sem notar – ou dar importância – àquele gracejo irônico do universo. Junto deles também estavam um casal formado por duas senhoras muito tatuadas, um não-idoso de avental e o Professor Jacinto, com sua elegante bengala apoiada à mesa.

O clima era tranquilo. Todavia, por mais que tentassem falar sobre amenidades, sempre esbarravam em questões consequentes da segmentação etária. Quando o Professor quis saber notícias do Centro Urbano, por exemplo, Niara e o não-idoso de avental lembraram-se das últimas prisões de idosos que testemunharam ou que ouviram falar. O casal de senhoras tatuadas também não conseguiu fugir do tema quando uma delas perguntou sobre os últimos lançamentos do cinema, programa que as duas sentiam muita falta, e o jovem de avental respondeu que atualmente só produziam filmes pastelões. "Com o elenco cheio de oldfaces", Niara completou.

Daren não participava da conversa. Suas próprias questões o perturbavam. Com elas zunindo nos ouvidos, não conseguia acompanhar nenhum assunto.

Atento, o Professor Jacinto certamente percebeu, pois direcionou, amistosamente, toda sua atenção para Daren.

– Você já conhecia a Vigília, garoto?

Sem jeito, e até mesmo um tanto envergonhado por desconhecer tudo o que tinha vivido desde que encontrara Niara na festa, Daren negou com a cabeça.

– Vocês são a Vigília? – Perguntou, com a voz baixa.

O Professor carregou seu sorriso com um pouco de sua serenidade, tentando abrandar a apreensão de Daren.

– Também. Somos muitos.

A voz firme e calma fez com que toda a mesa prestasse atenção no que dizia.

– A Vigília é formada por todo mundo que, de alguma forma, nos ajuda a sobreviver.

Daren assentiu lentamente com a cabeça, como um aluno que começa compreender um tema, mas que ainda está distante de toda sua complexidade.

– Você, por exemplo – O Professor continuou. – já é da Vigília. Se vai continuar se voluntariando, isso é uma decisão sua. Mas depois de tudo o que fez hoje, pode se considerar um membro.

Todos com quem compartilhava a mesa sorriram para Daren, como se quisessem lhe dar boas vindas. Niara chegou a dar dois tapinhas em seu ombro, orgulhosa por tê-lo trazido.

Mas ele tinha tantas perguntas que mal conseguiu retribuir aqueles gestos de carinho.

– Isso, que aconteceu aqui hoje... É isso que a Vigília faz?

– Também. – O Professor respondeu. – A Vigília tem quatro... frentes, vamos chamar assim. Uma delas é a de Coleta e Comunicação. Quem trabalha nela fica responsável por, na medida do possível, falar sobre a Vigília e angariar doações. São eles que ensinam as pessoas a deixar as doações em determinados pontos da mata, por exemplo. Traçam rotas até a localização mais próxima, indicam os melhores horários... tudo para facilitar e, desse jeito, aumentar as doações. A segunda frente é a de Entrega. São pessoas que se voluntariam para pegar as doações e levá-las até as comunidades de idosos, como vocês fizeram. É um trabalho bem arriscado; você pode ser pego em flagrante ou até coisa pior: pode ser seguido e acabar revelando o caminho para uma comunidade. – O Professor interrompeu a explicação para beber um pouco de água. – Nessa frente, a grande maioria dos voluntários é jovem, porque precisa ter o preparo físico em dia...

– Ele percebeu, professor! – Niara interrompeu, arrancando um riso da boca de todos.

O Professor Jacinto aproveitou a pausa para dar mais uma garfada. Daren também riu da brincadeira, e ele e Niara trocaram um olhar cúmplice.

– Bom, – o Professor continuou – a terceira frente seria a das Missões. São as pessoas que vão até uma determinada comunidade para realizar um trabalho específico. Que foi o que vocês vieram fazer hoje, na enfermaria...

Ao ouvir aquilo, Daren encarou o Professor muito sério, sem conseguir disfarçar sua surpresa. Imediatamente, ficou claro o que tinha acontecido.

— ...o que, suponho, que Niara não tenha te informado antes. — O Professor concluiu e os dois olharam para a garota.

Niara torceu os lábios e levantou os ombros, como se aqueles gestos a isentassem de qualquer acusação.

— Nosso encontro foi muito tumultuado. Não deu tempo de contar muita coisa. — Justificou-se fingindo seriedade.

Mais uma vez, a mesa inteira riu.

— E a quarta? — Daren perguntou, retomando a conversa.

O Professor Jacinto inspirou profundamente e um pesar lhe tomou a face.

— Política. Tentamos conscientizar membros do Estado sobre a nossa causa. Mas... o outro lado, na maioria das vezes, tem argumentos mais... fortes, por assim dizer.

— Privilégios. — O não-idoso de avental interveio. — É muito difícil pedir para alguém abrir mão de seus privilégios.

Temendo que o assunto, mais uma vez, pudesse tornar o almoço indigesto, uma das senhoras tatuadas interrompeu a conversa.

— Desculpa, gente, mas ninguém apresentou você. — Disse, com a voz cheia de simpatia e interesse.

— Daren. — Ele respondeu, retribuindo a cortesia.

— Muito prazer.

— Fernanda. — Ela respondeu. — E essa é minha esposa, Silvia. A gente mora aqui... faz o quê? Dois anos?

– Quatro anos. – Silvia completou, acenando amistosamente para Daren. – A Fê não tem noção nenhuma de tempo. Não pergunta há quantos anos estamos juntas, porque ela não vai saber! – Brincou.

Enquanto todos na mesa riam do gracejo, Fernanda passou o braço pela cintura de Silvia e lhe deu um beijo nos lábios.

– Meu amor, a gente está junta para sempre! Por que eu vou ficar guardando esses números? – Fernanda se justificou, com um cinismo romântico e divertido.

De novo, todos riram. Niara soltou um suspiro exagerado diante da cena. O não-idoso de avental aproveitou o momento para também se apresentar.

– Eu sou Marcos. Bem-vindo, Daren. A comida está boa?

Muito mais à vontade do que no início do almoço, Daren finalmente comia.

– O Marcos é o cozinheiro das nossas missões. – Niara explicou.

– Nossa, está muito boa. – Daren disse, de boca cheia. – Obrigado.

– Quantos anos você tem, Daren? – Fernanda perguntou, curiosa, sem se dar conta que aquela poderia ser uma questão delicada, capaz de trazer de volta à mesa assuntos indigestos, que ela mesma tinha conseguido afastar.

– Trinta anos restantes. – Ele respondeu, de forma quase automática.

Niara balançou a cabeça lenta e negativamente. Silvia e Fernanda trocaram um olhar tolerante, mas cheio de pena. Marcos encarou Daren muito sério, enquanto o Professor Jacinto sorriu com apenas um canto da boca, condescendente.

Sem compreender o que havia de errado em sua resposta, Daren buscou explicação no olhar de Niara.

— Falar sua idade não te deixa mais velho, Daren. — Ela disse, pacientemente. — Eu tenho vinte e seis anos. Vividos. E você?

Não era uma pergunta fácil para Daren. Nunca, ao longo de toda a sua vida — pelo menos pelo pouco que podia se lembrar —, tinha raciocinado sobre a idade daquela forma. Levou um tempo para responder.

— Trinta e cinco. — Disse, com um tom cheio de dúvidas. Era uma conta incomum de se fazer.

Trinta e cinco anos de vida. Repetiu aquela informação mentalmente mais de uma vez. Não se tratava apenas de um jeito diferente de enumerar a idade ou de uma rebeldia linguística simbólica, criada apenas para gerar identificação entre todos os que resistiam ao sistema. Era um raciocínio novo e potente; uma nova estruturação de pensamento, capaz de transformar, por inteiro, a forma como Daren enxergava o mundo.

— Nossa! É um bebê! — Fernanda falou, e todos riram.

Com o prato já vazio, Professor Jacinto limpou a boca nas costas da mão e retomou a liderança da conversa.

— Esse é um dos grandes enganos da Política Hebeísta. — Divagou, confundindo em sua voz sabedoria e frustração. — Essa reforma ortográfica, as novas maneiras de dizer a idade, de se referir a datas... Tudo isso é uma tentativa, tola, ingênua, de que não haja passado, de que a gente viva sempre no tempo presente.

A breve elucubração do Professor Jacinto sobre as normas gramaticais atuais, assim como todas aquelas ideias com as quais Daren estava tendo contato, além de tudo o que descobrira desde a noite anterior — e, por que não?, desde sua primeira cerimônia de partida voluntária –, atingiam-no agudamente. Eram visões, conceitos e realidades tão impactantes que tinham a capacidade de implodir muitas das estruturas sobre as quais erguera sua existência.

Sentiu-se, novamente, envergonhado. Mas antes que pudesse se retrair por causa deste sentimento, o Professor Jacinto se inclinou sobre a mesa, estendeu o braço e colocou sobre o ombro de Daren.

– Garoto, eu já recebi dezenas de novatos da Vigília aqui, na nossa comunidade. Inclusive esses dois. – Disse, apontando para Niara e Marcos. – Esse... desvendamento, vamos chamar assim, pelo qual vocês passam, não é nem um pouco fácil. Pelo contrário. – O Professor se ajeitou de novo no banco de madeira; em seguida, apanhou sua bengala e apoiou as duas mãos sobre ela. – Vocês, garoto, possuem uma coragem rara de se encontrar. E nenhum de vocês percebe isso. – O Professor sorriu, como se repassasse, mentalmente, cada um dos novatos que já recebera ali. – O que vocês fazem, quando decidem se juntar à Vigília, é muito mais difícil do que as próprias missões da Vigília. Não é fácil olhar para o mundo em que vivem, um mundo em que estão perfeitamente adaptados, que lhes garante todos os privilégios possíveis, e limpá-lo das inúmeras camadas de maquiagem, que só servem para esconder as imperfeições desse lugar. – O Professor fez uma pausa breve, sem saber que a metáfora era perfeita para que Daren o compreendesse. – Isso não só é corajoso, como tem um preço. Caro. Mais caro do que todo o risco que vocês correm ao entrar nos Territórios Escuros para chegar a uma comunidade, como essa daqui. – Neste momento, o Professor Jacinto também olhou para

Niara e Marcos, convergindo neste olhar preocupação e gratidão. – Como este mundo é tudo o que vocês conhecem, ao desmontá-lo, ao tirar toda a maquiagem dele, o que resta é um vazio, que eu imagino que é o que você deve estar sentindo agora. – Daren estava tão imerso nas palavras do Professor que não foi necessário confirmar sua suposição. – Este vazio, garoto, é só o início de um processo pelo qual você vai passar a partir de agora. Provavelmente, daqui alguns dias, ou semanas, quando você se acostumar com esse vazio, vai experimentar um sentimento de fúria. Você vai se sentir traído, como se tivesse sido enganado por muito tempo, mas sem saber exatamente por quem. – O Professor balançou a cabeça com pesar. – Não vai ser um sentimento agradável, eu te garanto. Mas também garanto que é algo comum. – Niara e Marcos balançaram a cabeça positivamente, confirmando o que o Professor dizia. – Em seguida, você também vai ser abatido por uma culpa capaz de te paralisar. Depois, vai experimentar uma valentia tremenda, tão perigosa que pode colocar tudo em risco. De novo, eu te garanto – Para enfatizar o que dizia, o Professor Jacinto bateu a bengala duas vezes no chão. – é comum. São sentimentos que todos da Vigília experimentam. Portanto, Daren, não tenha vergonha de cometer deslizes enquanto desvenda esse mundo em que vivemos. Faz parte do seu processo de desvendamento.

    Daren assentiu com a cabeça. Ao mesmo tempo em que poderia parecer assustador, também era reconfortante ouvir tudo aquilo. Niara ainda procurou seus olhos, tentando garantir que, se ele precisasse de suporte, ela estaria ali.

    – Desde quando? – Daren questionou, depois de alguns instantes ruminando todas as palavras do Professor.

– Ao perceber que sua pergunta não havia sido clara, completou: – Desde quando somos enganados?

O Professor Jacinto apoiou o queixo sobre as mãos, que por sua vez também se apoiavam na bengala.

– Eu imagino que você não se lembra da sua infância. Lembra? – O Professor perguntou.

Mais uma vez, sua suposição estava correta.

– Eu cheguei a procurar um médico por isso. – Daren disse, em tom de confissão.

– Guardar memórias é uma habilidade que requer prática. – O Professor explicou. – Meu pai dizia que, na época da sua adolescência, ele sabia vários números de telefone de cor. Eu, uma geração depois, já não precisei exercitar essa habilidade. Nunca soube meu próprio número. Já as pessoas da sua geração cresceram em um processo forçado de extinção do passado. Vocês foram inibidos, desde cedo, de guardar qualquer informação na memória, além do básico para viver, claro. Então, aos poucos, as pessoas foram perdendo a capacidade de manter registros de longo prazo.

Daren balançava a cabeça, confuso.

– Eu sei que... eu tenho alguns flashs, algumas imagens desconexas. Eu sinto que eu fiz coisas, falei coisas, mas não consigo me lembrar. – Daren murmurou, buscando qualquer imagem concreta nos seus poucos registros de memória.

Enquanto Daren desabafava, o Professor Jacinto se aproximou de Marcos e lhe disse algo ao pé do ouvido. O não-idoso prontamente se levantou e deixou mesa.

– Só de você querer se lembrar, já é um começo, cara. – Niara interveio.

– Mas eu levei trinta e cinco anos para perceber tudo isso. – Daren respondeu, remoendo-se com uma mistura de raiva e culpa.

— Então foi rápido. — O Professor se adiantou, calmamente. — Tem gente que passa a vida inteira achando que esse mundo é perfeitamente aceitável.

Mais uma vez, percebendo que ele ainda tinha coisas a lhe dizer, Daren mergulhou seu olhar nas grutas submersas guardadas pelas retinas do Professor Jacinto.

— Envelhecer é para os fortes, garoto. — Ele continuou. — Quem criou esse sistema, acredita que o que envelhece a gente é a idade.

— E não é? — Daren perguntou.

— É a vida, Daren.

Fernanda se dobrou sobre a mesa e cochichou, para Daren:

— Entendeu agora por que todo mundo chama ele de "Professor"?

Todos compartilharam um riso contido e sincero.

— E como era a vida antes disso tudo? — Dessa vez, Daren não dirigiu sua pergunta a ninguém especificamente.

— Ele não conhece a história, Professor. — Niara apontou, mas talvez não fosse necessário; certamente o Professor Jacinto, assim como Fernanda e Silvia, já haviam percebido.

— Você nunca se perguntou por que eles desobrigaram o ensino de História nas escolas? — O Professor perguntou.

— Eu nunca soube que ensinavam uma matéria chamada História nas escolas. — Daren respondeu, com sinceridade.

Naquele instante, Marcos retornou à mesa trazendo nas mãos um livro um tanto surrado, mas ainda inteiro, e o entregou ao Professor, que agradeceu.

– Nós temos uma biblioteca aqui, garoto. Nela você vai poder descobrir como era a vida antes disso tudo. De acordo com que for descobrindo sobre como era o mundo, exercitando seu passado, suas memórias vão voltar. – O Professor fez questão de usar as mesmas palavras que Daren escolhera. – Mas, antes, eu indico este aqui para começar.

Todos já haviam terminado de comer quando Daren recebeu o livro das mãos do Professor. Os não-idosos pediram licença e se levantaram, estava na hora de dormir. Afinal, precisavam voltar, ainda nesta madrugada, para os Centros Urbanos. Fernanda, Silvia e o Professor Jacinto também tinham seus afazeres na comunidade.

Sozinho, Daren se afastou até aquela mesma árvore, onde cochilou pela manhã. Mas dessa vez, com o livro surrado em mãos, não conseguiu pregar os olhos.

A sombra do velho paiol se espreguiçava geometricamente sobre a terra. Agarrada às toras que sustentavam a precária estrutura do lugar, alongava-se desde os primeiros raios de sol, um exercício que levaria o dia inteiro para concluir.

Das patas de Uzi também se estendia uma sombra que, se vista do céu, criava a imagem assustadora de um monstro descomunal. Não era para menos: a cadela passara a noite toda ali, de guarda. Vigiava o paiol como se respondesse a um destacamento militar, como se a tarefa lhe fosse designada pela mais alta patente. O início do turno se deu quando Perdigueiro voltou à sede da fazenda e Uzi latiu por horas, na intenção de fazê-lo retornar; sem resultado, passou a circundar o paiol de modo metódico, tal qual um disciplinado soldado em ronda; por fim, já madrugada avançada, sem perceber nenhuma movimentação que levantasse suspeitas, escolheu um ponto estratégico para se deitar: em frente aos degraus que levavam à porta – para entrar ou sair dali, quem quer que fosse, teria que passar por ela. Uzi estava em missão.

Nada disso fazia dela um animal mais inteligente que outros cães de sua raça. Não era especial por montar guarda, circundar a presa ou impedi-la de fugir. O que acontecia naquela situação era que Uzi, simplesmente, colocava em prática o que fora treinada a fazer ao longo dos anos e a duras penas. Sua natureza fora forjada a, diante da presa, não abandonar sua posição por nada. Suas cicatrizes no focinho e nas costas garantiam que ela não deixaria aquele velho escapar nem se ele fosse o mais rápido dos jovens.

A despeito de exigir a vigilância constante de Uzi, a entrada frágil do paiol permaneceu fechada ao longo de todo aquele período. Na manhã seguinte à descoberta do velho ali dentro, a frágil porta de madeira não estava diferente do que esteve por anos. Com exceção de um detalhe: antes de partir para a sede da fazenda, Perdigueiro usou a coleira de Uzi para fazer uma corrente em torno do trinco.

♦

Infértil há tanto tempo, o terreno também reclamava suas insatisfações. Toda a extensão, que um dia já foi uma área de plantio, via-se então coberta por uma grossa camada de terra seca. Nada recebia e nada dava; se lhe negavam sementes, água e esterco, negava-se a brotar até mesmo mato. Estava tão amargurado que, se ali plantassem uma macieira, nasceria limão. Por isso, respondia aos passos pesados do menino baforando-lhe queixosas nuvens de poeira aos seus pés.

Mas Perdigueiro cruzou o largo pedaço de chão que separava a cerca do paiol sem notar as queixas. Vinha cabisbaixo; todas aquelas questões que surgiram nos últimos dias – e que lhe foram arrancadas, literalmente, à tapa – pesavam a cabeça. Era um garoto forte, todavia aquela era uma carga mais robusta do que, nos seus cinquenta e dois anos restantes, podia carregar.

Talvez por isso, quando saiu da cama naquela manhã, decidiu descartar todas estas questões e fazer logo o que aprendera como certo, como devido. Afinal, velhos eram uma praga, assim como a mosca-das-frutas, a vassoura-de-bruxa e o pulgão; eles eram o mal do mundo, os responsáveis por tudo aquilo que viviam (não saberia enumerar "tudo aquilo que viviam"; mas, para se convencer, reproduziu as falas do pai.). Além disso, os velhos roubavam as frutas, os legumes e até os animais das fazendas. Portanto, não tinha o que pensar. Estava decidido.

Aproximou-se do paiol carregando duas cordas enroladas, uma em cada ombro. Ao vê-lo, Uzi abandonou momentaneamente sua posição e foi até o menino. Lambeu-o as mãos e recebeu leves toques na cabeça. Em seguida, voltou para a frente da porta, rabo balançando com entusiasmo, já com as duas patas dianteiras no primeiro degrau. Finalmente, havia chegado a hora.

Mas antes de fazer o que pretendia com a primeira corda, Perdigueiro deu uma volta no paiol. Queria checar se o velho continuava naquele mesmo canto onde foi encontrado na tarde anterior. Para isso, não levou mais do que poucos segundos: o cheiro deplorável que ele exalava era forte o bastante para vazar por entre as tábuas.

O velho ainda estava ali. O que havia de estranho, porém, é que ele não fazia questão de se esconder. Mesmo se o cheiro não o denunciasse, Perdigueiro saberia sua posição por conta daquele assobio baixinho, melódico e arrastado.

Perdigueiro se espantou. Não entendia como, em uma situação como aquela, o velho podia assobiar, tranquilamente. Sua experiência como Cão mostrava que, prestes a serem capturados, os velhos gritavam, esperneavam, lutavam. Por outro lado, quando havia alguma chance de escapar, eram sorrateiros como camundongos. Mas esse assobiava, tranquilamente. Devia estar louco.

Depois de amarrar em um pilar uma das extremidades da primeira corda, Perdigueiro retirou a coleira do trinco, passou a outra ponta da corda por ela e, por fim, sob protestos, prendeu Uzi. Era o único jeito de abrir o paiol sem correr o risco dela dilacerar aquele velho maluco.

Não foi sua única precaução: para se prevenir de qualquer emboscada que o velho pudesse ter armado, subiu os degraus tentando abafar os ruídos da madeira; em seguida, girou o trinco com um meneio delicado; só então, com um único movimento repentino, escancarou a porta ao mesmo tempo em que saltou para trás, degraus abaixo.

A breve ação impeliu Uzi. Ensandecida, a cadela disparou a latir e a testar, com ímpeto feroz, a resistência da corda, esticada ao limite.

No chão, poucos metros à frente da cadela, Perdigueiro também ficou sobressaltado. Colocou-se em posição de ataque, focinho apontado rigidamente para a entrada do paiol, músculos tensionados e alertas. Tal qual bicho, tinha os olhos cravados na porta, à espera de que, através dela, o velho disparasse em fuga ou que tentasse acertá-lo com qualquer ferramenta que tivesse encontrado lá dentro.

Mas, da porta escancarada, nada saiu. Nem mesmo aquele assobio baixinho.

Com a primeira etapa da missão cumprida sem contratempos, Perdigueiro apanhou a segunda corda e palmilhou os degraus com desnecessária cautela: o velho permanecia no mesmo canto, abraçado aos próprios joelhos. Sem o torpor de adrenalina do primeiro encontro, o menino pôde observá-lo com maior cuidado: era um velho macho, bolsas enormes sob os olhos e maçãs do rosto pontiagudas, cobertas por uma fina e desgastada camada de pele. Cabelo e barba, com exceção da sujeira, não combinavam: aquele era escasso e grisalho, esta era longa e branca. Usava sandálias de couro e as unhas dos dedos do pé estavam compridas e imundas. Pelo estado aparente das roupas, deviam ser elas as responsáveis por conservar boa parte daquele fedor que carregava. O rosto estava queimado, com exceção dos pequenos sulcos entre as rugas, mais claros. Em sua expressão, nenhum traço que o menino reconhecesse como característico de ameaça; pelo contrário: apesar do medo, estava resignado e sereno.

O menino, pela primeira vez, experimentou o sentimento de pena. Mas antes que pudesse se contaminar por ela, lembrou-se da decisão que tomou pela manhã: agiria conforme o que aprendeu como certo, como devido. Portanto, com a segunda corda em punho, Perdigueiro avançou, infalível, sobre o velho.

O saco de estopa ficou esquecido em meio à bagunça do paiol.

♦

Diferente das oito vezes anteriores, Perdigueiro não conduziu o idoso como um peão que toca o gado pelo pasto. Diferente das vezes anteriores, não estava animado; em seu rosto, ao invés da alegria e da satisfação, agora foram as dúvidas que não conseguiram se disfarçar. Tinha os olhos tristes e não estava orgulhoso daquele feito. Tampouco tentava memorizar os detalhes da apreensão para, mais tarde, contá-los ao pai. Não havia feito tudo conforme ele lhe ensinara: diferente das outras vezes, não prendeu as mãos e os pés do idoso em uma única amarração; também não apertou o nó a ponto da fricção da corda com a pele deixar os punhos da presa em carne viva. No caminho até a sede da fazenda, não empurrou o velho para acelerar seus passos e, chegando lá, também não chutou a parte posterior de suas pernas, obrigando-o a se ajoelhar. Diferente de tudo o que fizera na sua curta vida de cinquenta e dois anos restantes, não esperava ouvir do pai que não havia Cão melhor do que ele.

O idoso foi deixado na varanda, à sombra; somente suas mãos foram amarradas, para trás; foi colocado sentado, encostado à coluna, onde ficou preso. Além disso, um copo d'água lhe foi servido na boca, por conta das mãos imobilizadas. Nada disso deixava a situação razoável, é claro. Porém, certamente, era suficiente para justificar a surra que o menino levaria caso seu pai flagrasse aquilo tudo. Onde já se viu oferecer tantas regalias à merda de um velho prestes a ser abatido?

Mas o homem não estava ali e Perdigueiro sentia-se livre para ousar provar um pouco de compaixão.

— Meu pai chega amanhã. Você vai ficar aqui até lá. — O garoto informou, depois de ajudar o velho a beber água. — Ele é Raposa. — Concluiu e se afastou, sem necessidade de explicar o que aquilo, na prática, significava.

Para o idoso, não era nenhuma novidade. Presumiu essa informação desde o momento em que o menino o encontrou. Ouvira dizer que muitos homens da Milícia treinavam os filhos, desde cedo, para se tornarem Cães. Portanto, não havia resposta ou apelo possível: o que o garoto havia proferido com aquela frase era apenas sua previsível condenação à morte.

Desde que atingira a idade zero, há onze anos, por duas vezes escapou das patas de Cães: na primeira, conseguiu despistar o garoto na corrida, embrenhando-se em um Território Escuro que conhecia bem; na segunda, o Cão chegou a lhe dar o bote, mas o velho lutou, dominou-o e o deixou desacordado, acertando-lhe a cabeça com um galho.

Porém, apesar do histórico vitorioso, esses fatos ocorreram há mais de seis anos. Já não tinha mais fôlego para fugir nem força para lutar; provavelmente estava doente. Escondera-se no paiol justamente por conta disso: sentiu uma dor forte nas vísceras, um tormento que vinha aumentando gradualmente. Foi um erro, mas não havia solução: precisava fazer incursões às fazendas em busca de comida e, quem sabe, de qualquer remédio que o aliviasse. Estava fraco e tinha consciência de sua fraqueza. Talvez por isso, de manhã, enquanto esperava o retorno do garoto ao paiol, assobiou baixinho aquela canção, melodiosa e arrastada. Talvez por isso, por consciência da inevitabilidade da conjuntura em que se encontrava, tornou a assobiá-la, à sombra da varanda.

De sua posição, pôde observar seu cativeiro. Era um mundo que se despedaçava: as janelas quebradas e imundas, o telhado banguelo e irregular, as paredes inflamadas pela umidade. Estava vazio; lá dentro, o silêncio não reagira à chegada do garoto. Era uma casa que parecia ter abandonado suas forças e que, a qualquer momento, desistiria de sua função primordial – e, pelo número de vezes que o garoto entrava e saía por aquela porta, como se o interior lhe fosse insuportável, ele também parecia já ter percebido isso.

O fato é que, por mais que tentasse, Perdigueiro não conseguia dissimular sua curiosidade pelo velho. A cada vez que saía de casa, fosse para buscar qualquer coisa na horta, para aquietar Uzi ou até mesmo para varrer um canto da varanda que, claramente, jamais havia sido varrido, o garoto fitava o velho como se tentasse decifrar um quebra-cabeça. Aquelas sandálias de couro, a barba e o cabelo de cores diferentes... por que não parava de assobiar?

Nunca observara um idoso com aquela intenção; antes, como um caçador, acostumou-se a observar seus comportamentos, seus hábitos de moradia, sua alimentação; estudava seus padrões, aprendera a reconhecer seus rastros. Enxergava-os como membros de uma manada; isolados, não passavam de uma rês desgarrada a ser capturada. Até aquela manhã, jamais olhara para um idoso como um indivíduo, como um ser de sua espécie, com quem compartilhava muito mais semelhanças que diferenças. Afinal, conforme tudo que aprendeu, quem envelhece são os outros; a nós, eu e os meus, jamais acontecerá tal tragédia.

Mas agora o via – e o desvendar da humanidade do velho o intrigava. Seu cheiro, por exemplo, já não era mais apenas um rastro inevitável, mas sim uma pergunta: por que estavam sempre naquele estado, sujos e lastimáveis? Sua busca por alimentos já não era mais só um padrão de comportamento altamente aproveitável na construção das armadilhas, mas também uma questão: por que estavam sempre desesperadamente famintos?

Como um trem que parte da estação puxando inúmeros outros vagões, cada pergunta que o menino se fazia prontamente o conduzia a outra. Perguntou-se sobre a necessidade de sempre mantê-los fortemente amarrados, já que aprendera que eram seres fracos e, justamente por isso, não aguentavam trabalhar e ajudar a nação. Tal questão veio acompanhada por outra: qualquer criança, da mesma idade que a sua, sabia dar vários tipos de nós para amarrá-los? A interrogação mal partiu da plataforma quando chegou mais uma: todas as crianças eram caçadoras de velhos? A velocidade com que iam e vinham era intensa. Às vezes, as perguntas se atropelavam: por que eles não tinham casa e estavam sempre escondidos na mata? Se além da fazenda era mata, o que havia além da mata? Por que eles tinham que viver naquela casa caindo aos pedaços? Um dia, o menino se prometeu, interrompendo o trânsito, sairia dali.

O que lhe faltava compreender é que aquele tipo de questão, que tentou descartar quando saiu da cama naquela manhã, não eram baforadas de poeira que, uma vez ignoradas, simplesmente se dissipavam no ar. Perdigueiro não sabia que, enquanto tentava montar aquele quebra-cabeça amarrado na varanda de sua casa, era a si mesmo que estava desmontando.

O devaneio só se interrompia quando o olhar curioso do garoto cruzava com o do velho. Nesses instantes, a reação de Perdigueiro era singular: ele inflava o peito, tencionava os lábios e fingia estar concentrado em qualquer outro ponto da varanda. Assim como Uzi, também tinha os seus instintos.

Já o velho, assobiava. Era um lamento afagado pela resignação.

A falsa abstração de ambos cessou finalmente quando nenhum dos dois desviou o olhar, o que deixou Perdigueiro ainda mais inquieto. Sem encontrar motivos com os quais fantasiar sua curiosidade, entrou mais uma vez em casa.

O idoso percebeu a insegurança do menino. Era uma criança, apesar de tudo; nitidamente, não entendia a complexidade da situação. Provavelmente, fora treinada a vida toda, sabe-se lá sob que condições, para fazer o que fazia. Poderia até sentir pena do garoto – se não fosse sua própria vida que estivesse em jogo. A urgência inibia a compaixão.

Com um estrondo, a porta se abriu novamente. Perdigueiro passou por ela carregando um balde de ferro, uma toalha e algumas peças de roupa sobre um dos ombros. O idoso presumiu se tratar de mais uma desculpa que o menino arranjara para ficar ali, analisando-o. Mas se surpreendeu quando Perdigueiro caminhou em sua direção.

– Você fede. – Disse. – Toma, se lava. – E colocou o balde ao lado do idoso.

A surpresa deixou o velho momentaneamente sem reação. Conseguiu apenas conferir que o balde estava cheio de água e ainda dispunha de uma bucha vegetal e uma barra de sabão.

– Não aguento mais esse cheiro. – Continuou o menino. – Usa isso aqui. – Ordenou, jogando uma calça e uma camisa ao lado do balde.

Era uma gentileza ínfima e bruta, mas ainda assim uma gentileza. O idoso não imaginava que teria direito a um último banho antes de sua execução. Se pudesse escolher, preferiria uma refeição quente, ou melhor, um banquete completo, para poder degustar alguns dos seus pratos preferidos, dos quais sentia tanta saudade. Mas tudo bem; naquela circunstância, contentava-se com o banho.

Só depois que o menino se afastou foi que o idoso se lembrou de um detalhe que o impedia de se lavar.

– Não consigo, com as mãos amarradas.

O menino parou. Não tinha pensado nisso. Então entrou novamente em casa, sem falar nada.

O idoso se perguntou se aquilo era um tipo de sadismo infantil. Será que os Raposas treinavam seus filhos até mesmo para isso?

Perdigueiro não levou mais do que alguns segundos para se decidir a desatar o velho.

– Só para se lavar. – Informou com austeridade.

O idoso agradeceu com um meneio de cabeça e, sem se dar conta, tornou a assobiar, baixinho, a mesma canção melodiosa e arrastada.

– Para com esse assobio! – O menino latiu.

Contudo, ao invés de se afastar, largou-se nos degraus da varanda, de costas para o idoso. Pôs os olhos em direção ao pomar, mas nada enxergava.

Enquanto isso, o idoso massageava os punhos, reativando a circulação na região e tentando trazer de volta os contornos naturais da pele, amarrotada pela pressão da corda. Naquele intermédio de tempo, também refletia sobre as atitudes de seu jovem algoz: era um Cão, definitivamente; o menino era frio, alienado e cruel, tal qual os outros dois que enfrentara em seu passado recente. Porém, diferente deles, era capaz de pequenos gestos de solidariedade, como ter o cuidado de prender a cachorra ao tirá-lo do paiol e oferecer um copo d'água e uma muda de roupas limpas. Era um Cão, definitivamente; mas parecia ter algo dentro de si lutando contra isso. Ali, jogado nos degraus da varanda, com os olhos perdidos e aflitos, era a encarnação de suas contradições. Talvez o idoso pudesse se aproveitar disso para fugir.

— Essa música... — Arriscou-se. — ...quem me ensinou foi um passarinho. Um passarinho que eu conheci em um Território Escuro. — Quem sabe, apelando para o seu lado criança...

— Cala a boca, velho imbecil. — Perdigueiro o interrompeu, com estupidez. — Passarinho pia, não sabe assobiar.

O idoso se calou. Pensou em insistir, dizer que era um passarinho mágico, mas não funcionaria. Era um garoto miliciano, treinado para caçar pessoas, criado por alguém em que se misturavam as figuras do pai e do superior militar; evidentemente, estava à frente de sua idade. Um passarinho mágico, capaz de assobiar, não tinha capacidade de atrair a atenção de quem era sobrecarregado pela realidade. Talvez não fosse este o caminho para ganhar sua confiança.

Com o menino de costas, o idoso se levantou e tirou a camisa surrada. Com a bucha vegetal e o sabonete, começou a esfregar o tronco. Nunca fora tão magro na vida. Na juventude, orgulhava-se dos músculos do peitoral, dos ombros de nadador... Hoje era pele, osso e aquela suspeita mancha escura na lateral do abdómen, que encobria um volume arredondado crescendo dois dedos abaixo da última costela.

Mergulhou a bucha no balde e a apertou. Lavou as axilas e o pescoço. Com as mãos em concha, molhou os cabelos e, por longos minutos, os esfregou com o sabão. Como era gostosa a sensação da espuma... Em seguida, tirou as calças e esfregou as pernas e os pés. Gostaria de poder cortar as unhas. De joelhos, entornou parte da água sobre a cabeça e se sentiu, na medida do possível, agraciado pela sensação daquele frescor escorrendo pelo seu corpo.

O menino permanecia ali, imóvel, olhos fixos em qualquer coisa que não estava lá. E foi só quando terminou o banho que o idoso se deu conta do que isto significava. O menino permanecia ali.

Desde que fora trazido para a varanda, o garoto não se afastara dele; esteve sempre por perto. Com suas desculpas refutáveis, passou mais tempo em companhia silenciosa do velho do que dentro da casa. Não se distanciou nem mesmo enquanto o idoso se lavava. Estava carente – e a prova disso era que, em sua resposta estúpida, não descartara a história, mas apenas aquela versão dela.

– Desculpa. Eu menti. – O idoso retomou, com mais cuidado. – Quem me ensinou essa música não foi um passarinho. – Falou, apostando que um menino acostumado com a realidade só poderia ser fisgado por ela. – Foi minha mãe.

Mesmo que ínfimo, algum peso tem o olhar. Uma fração de um miligrama, uma centena de avos de um quilate, qualquer submúltiplo de qualquer outra unidade de medida de massa. Afinal, não é a impossibilidade de pesar um olhar em uma balança que deveria provar sua qualidade imaterial. Tanto que a cabeça de Perdigueiro se inclinou, ainda que minimamente, para amortecer o peso de seu olhar, que baixou ao canto inferior esquerdo de suas cavidades oculares, como se precisasse confirmar aquela informação com a orelha que se encontrava mais próxima do velho.

Atento, o idoso percebeu: mãe, era esse o caminho.

– Minha mãe cantava para mim toda noite, antes de eu dormir. Ela tinha uma voz linda, todo mundo gostava. – O idoso continuou, monitorando as reações do menino com atenção. – Tudo que ela fazia, fazia cantando. No prédio onde a gente morou a vida inteira, os vizinhos adoravam. Uma vez, quando eu fui sair para colocar o lixo lá embaixo, abri a porta e dei de cara com a vizinha, do andar de cima, encostada na parede, ouvindo minha mãe cantar. Ela me confessou que, de vez em quando, descia e ficava ali, um bom tempo, ouvindo.

A lembrança fez o idoso sorrir e ele aproveitou a pausa para terminar de se vestir. Propositadamente, demorou um pouco mais que o necessário nesse movimento; queria avaliar a reação do garoto, checar se ele estava mesmo fisgado na história. Por fim, não precisava se preocupar: ao passar a cabeça pela gola da camisa limpa, viu que o menino, apesar de permanecer lhe dando as costas, discretamente o fitava, esperando uma continuação. Estava dando certo.

– O engraçado é que, quando ela já era bem velhinha, eu perguntei: "Mãe, por que você não foi cantora?". E sabe o que ela me respondeu?

Pedir a interação do garoto, tão cedo, era um movimento arriscado. A chance de ouvir um novo "Cala a boca, velho imbecil." era imensa; além disso, pressionar o garoto poderia fazer com que ele se fechasse de vez. Mas o idoso não sabia quanto tempo ainda tinha antes do pai-Raposa chegar. Precisava ir para o tudo ou nada.

A interrogação flanou pela varanda como se pouco lhe importasse o quão decisivo era aquele momento; da lateral, chegavam os latidos impacientes de Uzi; e um vento, que não descia até eles, remexia a copa das árvores mais altas do pomar.

A dor abdominal voltou a incomodar o idoso. Sentia-se fraco, não apenas por isso, mas também pela fome de alguns dias. Ele mergulhou a camisa e a calça fedorentas no balde, afastou-o alguns centímetros e tornou a se sentar, recostando-se à coluna.

Só então, muito devagar, o menino balançou a cabeça, indicando que não, não sabia o que ela tinha respondido.

Então o velho continuou:

– Ela disse: "E quem é que vai querer me ouvir cantando, menino?". – Sorriu, balançando a cabeça de um lado para o outro, ainda inconformado. – Imagina... Minha mãe cantava de tudo, desde que fosse animado...

– Essa sua música não é. – Perdigueiro o interrompeu de repente.

Não, aquele assobio baixinho, melódico e arrastado, estava longe de ser animado. Mas, por outro lado, o idoso ficou: a intervenção do menino era a prova de que o primeiro estágio do seu plano tinha dado certo.

– Não mesmo. Mas essa música ela só cantava para mim. – O idoso explicou, fazendo questão de respingar tons de mistério a cada informação dada.

– Por quê? – O menino perguntou, virando-se parcialmente para o velho. Apesar da cabeça baixa, já não lhe dava mais as costas.

– Era o nosso segredo. É uma música que pouca gente conhece. Não é todo mundo que pode ouvir. – O velho falou, levando a mão à região dolorida, abaixo da última costela.

– Por quê?

– Porque essa música... ela é especial. Tão especial que ficava guardada dentro de uma caixinha.

– Você está falando besteira, seu velho. – Pelo menos, o "imbecil" sumira de seu xingamento. – Não tem como colocar uma música dentro de uma caixa. – Perdigueiro argumentou, com a soberania da infância garantida pela época em que viviam.

– Se você não acredita, – O idoso deu de ombros, cinicamente. Fazia parte de seu jogo. – melhor. Não é todo mundo que pode saber.

A provocação, porém, não resultou no efeito esperado: de forma ríspida, Perdigueiro novamente deu as costas ao velho.

Não era criança para cair naquela conversa. Em poucos segundos, seu peito estava de novo inflado, seus lábios tencionados e os olhos voltados para o pomar, fixos em qualquer coisa que não estava lá.

Em consequência disso, o idoso também recuou. Falhara como Sherazade. Assim como a filha do vizir, pretendia manipular os ímpetos do seu carrasco contando histórias, mas o pequeno sultão não se encantou. As mil e uma noites, subitamente, foram reduzidas àquela.

Além disso, a dor abdominal o incomodava – já não saberia dizer se mais ou menos que a fome. Restou-lhe apenas fechar os olhos, recostar a cabeça à coluna e buscar em seu interior alguma resistência.

Até que, de repente, sentiu um ar morno atingir-lhe a testa.

Ao abrir os olhos, deu de cara com o rosto do garoto a poucos centímetros do seu. O menino se dobrava incisivo, tal qual um inquisitor. Estavam tão próximos que o idoso podia sentir, nos poros da testa, a respiração ansiosa de Perdigueiro.

— Me mostra. — O garoto ordenou. — Quero ver como você guarda uma música em uma caixa.

Pronto: o pequeno Rei Shariar estava em suas mãos. Agora, só precisava dar as cartas.

— Primeiro eu preciso comer, garoto. Não tenho força nem para assobiar mais.

◆

O mistério da música que cabia em uma caixa garantiu uma boa refeição quente naquela tarde. Enquanto comia, explicou ao garoto que não era, porém, qualquer caixa – o que o deixou ainda mais intrigado: o segredo estava na caixa, então? De que material era feita? Madeira ou metal? Perguntas que asseguraram ao idoso uma troca dos calçados. E quando a noite se impôs e nenhum meio de fuga havia sido vislumbrado, o idoso revelou que, no dia seguinte, se estivesse descansado, contaria por que a música era tão especial e por que não era todo mundo que podia ouvi-la – quem sabe, até, poderia ensiná-la; mas para isso, precisaria de um travesseiro e uma manta. Já de manhã, enquanto tomava o café trazido pelo garoto, alegou que, para revelar o segredo, tanto da caixa quanto da música, o menino precisaria ouvir a história inteira, afinal era um segredo que passava de geração para geração: fora sua bisavó quem dera a caixinha para sua avó que, por sua vez, passara-a à sua mãe – reminiscências que preencheram um bom período do dia em que o idoso tentou desatar os nós que o prendiam, novamente, à coluna da varanda. Por vezes, quando já não conseguia mais inventar mistérios e postergar respostas, calava as perguntas do garoto alegando que precisava assobiar, urgente; caso contrário, a música se perderia dentro de si. Então assobiava baixinho aquela canção melódica e arrastada, observando que o menino, discretamente, retorcia os lábios e a língua, tentando aprender a reproduzir aqueles mesmos sons.

Quem por acaso passasse em frente à sede da fazenda, ainda veria a mesma casa das janelas quebradas e imundas, do telhado banguelo e irregular, e das paredes inflamadas pela umidade. Mas apesar disso, já não era uma casa que, sem forças, parecia desistir de sua função primordial: ela ainda servia de abrigo a uma criança e a um idoso, que a preenchiam com conversas e assobios.

Até que um ruído dissonante os calou. Era o motor de um carro, vindo da direção da porteira. O pai de Perdigueiro havia chegado.

Milhares de agulhas perfuraram meu ventre. Eu senti a dor de cada uma delas."

Piedade não conseguia se soltar: suas mãos estavam presas em um emaranhado de fios. Havia caído na máquina de trama da VesteNovo e seu corpo era levado em direção às dez mil agulhas. Estava deitada de lado; sua barriga proeminente seria a primeira parte a ser devorada pela máquina.

> *"Talvez se eu danificasse a máquina... só desse jeito podia impedir meu corpo de seguir direto para as agulhas. Tentei, então, espernear, chutar. Fiz o máximo de força que eu pude. Mas minhas pernas também estavam presas. Só restava gritar por ajuda, mesmo sabendo que corria o risco de atrair milicianos: abri a boca e tentei vomitar qualquer som. Mas tudo o que saía da minha garganta era um grunhido grave e impotente. Tão impotente quando eu."*

A primeira centena de agulhas abocanhou sua barriga impiedosamente. A dor era excruciante. Teve certeza de que iria desmaiar – e talvez fosse o melhor que pudesse acontecer. Seu corpo continuou avançando, lentamente, na máquina de trama, incapaz de reagir enquanto tinha seu ventre devorado.

As agulhas eram tão finas quanto um fio de cabelo. Uma a uma, perfuravam sua barriga com a tenacidade de quem, com sede, fura um poço artesiano. Ou de quem, gananciosamente, busca petróleo. Ou, até mesmo, de quem quer arrancar do ventre um bebê.

> *"A fronha úmida do travesseiro foi a primeira coisa que senti ao acordar. Eu estava suando, mas especialmente aliviada."*

Após mais um pesadelo – eles vinham se tornando mais aflitivos a cada sessão –, Piedade acordou em uma cama *king size* macia, forrada com lençóis limpos, uma colcha *piquet* e quatro travesseiros. Nunca havia experimentado tanto conforto para dormir – nem mesmo antes da idade zero. Gostaria de ficar o dia inteiro ali, jogada na cama, tão caprichosa quanto aquelas madames retratadas nas antigas novelas a que assistia quando criança. Mas não conseguiu: a sensação do pesadelo ainda perdurava em seu corpo, esfumaçando suas fantasias. Desiludida, se levantou.

Piedade encontrou a Cidade Fantasma a pouco mais de sete quilômetros de suas cordilheiras. O rio que seguia levava a ela. Não era uma cidade grande, mas também não era pequena: pelo porte, servira de residência a provavelmente mais de duzentos mil habitantes. Aparentava, também, ter sido abandonada em meio a um ótimo estágio de seu desenvolvimento econômico: apesar de abandonadas e sujas, as ruas do centro ainda exibiam as fachadas de estabelecimentos comerciais de alto padrão – agora, em sua maioria, arrombados; além disso, a área industrial da cidade converteu-se em um cemitério de algumas significativas indústrias de ponta que ainda preservavam em seu interior os avanços tecnológicos de uma era postergada para o futuro; por fim, em um dos limites da cidade, condomínios murados e suas guaritas vazias cercavam casas de fazer inveja aos bairros mais ricos dos Centros Urbanos. Era em uma dessas casas que Piedade se encontrava.

Como esconderijos, Territórios Escuros e Cidades Fantasmas ofereciam diferentes recursos e riscos aos idosos. A vida embrenhada não era fácil; exigia que o idoso desenvolvesse habilidades específicas de sobrevivência, como construção de abrigos, geração de fogo e caça, além de ter de conhecer a mata para conseguir encontrar água e coletar alimentos. Os riscos residiam, prioritariamente, na própria vida dentro do Território: animais peçonhentos, água contaminada, escassez de comida. Contudo, não era comum que milicianos se lançassem em bandeiras dentro de

Territórios Escuros; ficavam sempre à margem. Já nas Cidades Fantasmas, os idosos encontravam uma amplitude maior de recursos: alimentos enlatados, roupas limpas, calçados novos, materiais de primeiros socorros e ferramentas. Contudo, justamente por atrair muitos idosos, as cidades eram um cenário constante de incursões da Milícia. Estavam cercadas por armadilhas. Nelas, sabidamente se capturava e se exterminava a maioria dos idosos; estatística que, porém, jamais foi reconhecida pelo governo.

Por sua experiência de fugas, Piedade reconhecia os riscos. Seu plano inicial, quando invadiu aquela casa, não era passar mais do que algumas horas nela. Mas a cama king size, os lençóis limpos, a colcha *piquet...* tudo aquilo era um descanso majestoso para sua lombar e seus pés, as áreas que mais sofriam com a dura tarefa de sobreviver carregando uma barriga já pesada. Além disso, pareceu um bom lugar para acabar com aquela história.

"Não seria muito prudente tomar os chás nas cordilheiras. As folhas não são o método mais seguro e muito menos os mais confiáveis. Lembro de ouvir um relato na escola sobre uma menina que, depois de tomar os chás, teria passado bastante mal, além de ter sofrido, por dois dias, com dores intensas. O fato despertou uma longa discussão com os alunos, sobre a legalidade do aborto, as questões morais e religiosas que ele carrega, e o acesso a meios mais seguros, facilmente disponíveis para aqueles que podem pagar por eles. Mas aqui, eu não tenho outra opção. O que me restou foi procurar um lugar onde pudesse passar mal com um mínimo de segurança e conforto."

Após se levantar da cama dos seus sonhos, Piedade seguiu, desiludida pela realidade, até a cozinha. No caminho, cruzou a sala de estar e se deteve diante de um aparador com vários porta-retratos. No dia anterior, também havia se atentado a eles, o que fazia com que, naquele instante, se sentisse estranhamente íntima de seus anfitriões ausentes. Quase sentiu saudade deles – até mesmo da cadelinha peluda e marrom, de laço vermelho na cabeça, deitada no colo da filha mais velha. Chamaria-a de Cacau.

Na cozinha, abriu os armários procurando qualquer coisa que lhe servisse de alimento.

> *"Assim como a maioria dos produtos, o que mudou é que nós, humanos, também ganhamos datas de validade oficiais. Hoje, somos tão perecíveis quanto a farinha de trigo e o leite, o extrato de tomate e o macarrão. Nosso rótulo alerta: após os 65 anos, recomenda-se o descarte."*

No armário sob a pia, Piedade se deparou com um jogo de panelas bonito e pouco usado – o que lhe despertou uma ideia: nunca havia checado, em nenhuma das casas em que esteve, se ainda restava gás no botijão. Assim, girou um dos botões, apertou a ignição e transbordou os olhos de lágrimas ao ver que, em uma das bocas, uma chama azulada se acendeu.

> *"É estranho me sentir tão emotiva em um mundo tão cruel e frio como este."*

Abriu a geladeira há tempos desligada: o cheiro dos alimentos em decomposição era insuportável. Mas resistiu; e na porta encontrou duas garrafas d'água perfeitamente fechadas. No armário sobre o forno microondas, mal acreditou quando avistou, atrás de uma pilha de latas de milho, ervilha e creme de leite, dois pacotes de café.

Talvez aquele fosse o dia mais feliz de sua vida pós-Ano Anacrônico. Acordara em uma cama luxuosa e, de desjejum, tomaria boa xícara de café. Sentia-se, praticamente, hospedada em um hotel cinco estrelas.

Empolgada com os luxos da estadia, Piedade se perguntou, após o maravilhoso café da manhã, o que mais a casa poderia lhe oferecer. Voltou então para sua suíte presidencial e abriu as portas do closet; estava cansada do velho uniforme de fábrica. Escolheu algumas peças mais largas e as separou para experimentar. Em seguida, tirou suas roupas e, antes de se trocar, outra ideia lhe ocorreu: já que estava com sorte, por que não checar se ainda restava alguma coisa na caixa d'água?

Foi como se o chuveiro lhe banhasse com um elixir. A água escorria-lhe pelo corpo causando uma sensação mágica; sob a bancada da pia, os amenities oferecidos pela hospedagem: sabonete, xampu e condicionador, todos ainda em sua embalagem fechada. Piedade tomou um banho que não tomava há anos: completo, perfumado, relaxante.

Diante do espelho, antes de vestir as roupas novas, ela hidratou os cabelos e os penteou com os dedos. No armário, havia também hidratante para o corpo – e ela se lembrou da sensação de frescor que a vaidade proporciona.

Tranquila, passeando as mãos pela maciez da pele, deixou que os olhos pousassem sobre a barriga saliente. Com a ponta dos dedos, palmilhou as estrias avermelhadas que surgiram em seu abdômen; reconheceu-as também no quadril e nas coxas; abraçou os seios, maiores que o normal e levemente doloridos. Mas nada disso a incomodou: sem perceber, acariciava-se. Pela primeira vez, levou as mãos ao ventre e o adulou.

> "Fiquei por muito tempo ali, completamente nua, diante do espelho. Há muito tempo não me via sem o uniforme da fábrica. Há muito tempo não me olhava no rosto sem que ele estivesse coberto pela poeira das fazendas que invado. Até minhas unhas me lembraram de sua cor natural, sem o preto da fuligem das fogueiras. Eu me vi como sou, sem as camadas de sobrevivência com as quais eu fui obrigada a me cobrir. Diante do espelho, eu estava nua, por inteiro.
>
> Quando me despedi de Dona Joana, ela me disse que eu precisava descobrir minhas verdadeiras razões para ter esse filho ou não. Como sobrevivente em um mundo catastrófico, onde um genocídio está em curso, tenho uma lista de razões que justificam o não. As razões para o sim eu desconheço – não porque inexistam, mas porque talvez eu nunca tenha tido as mínimas condições para pensar nelas.
>
> Portanto, ali, naquela casa, munida das razões do não, eu estava em um lugar onde podia tomar meus chás com um mínimo de segurança e conforto. Mas, diante do espelho, me perguntei se não seria justo, comigo mesma, ter o que colocar do outro lado da balança. Só assim, de fato, seria uma decisão minha – e não outra obrigação que a condição de sobrevivente nesse mundo me impôs."

Depois de se deliciar por mais algumas horas com todos os mimos que sua estadia tinha para oferecer, Piedade iniciou o procedimento de *check out*: levando uma mochila que encontrou em um dos quartos, passou a vasculhar a casa, selecionando o que teria utilidade na mata. Utilidade e também extrema necessidade: afinal, tinha apenas uma mochila e força das costas, já comprometida em parte com a barriga; o peso era um fator decisório nesta seleção.

Já estavam na mochila ítens como uma faca, grande e afiada, que podia fazer as vezes de um facão; uma panela média, para sua cozinha nas cordilheiras; caixas de fósforo; uma embalagem de café solúvel; um vidro de mel; e um pacote de sal. Também estava levando, junto com o uniforme, duas trocas de roupa e alguns sabonetes, além de uma escova, pastas e fio dental, itens que não via há muito tempo. Ainda ficou contente quando encontrou, sobre a escrivaninha, três canetas e um bloquinho de papel em branco. Era uma tarde de compras perfeita.

Contudo, nada a deixou mais radiante do que um pequeno tesouro que descobriu na gaveta do aparador dos porta-retratos. Esquecido entre papéis já sem valor, como escrituras e carteira de trabalho, Piedade o reconheceu, imediatamente, como um garimpeiro que vislumbra uma pepita mergulhada na lama de sua bateia. Era um achado; um item muito mais precioso que qualquer outro daquela casa, qualquer outro que pudesse carregar em sua mochila.

Indicador e polegar em pinça avançaram, com cuidado, ao fundo da gaveta. Em segundos, retrocederam portando a relíquia que, talvez só para Piedade, tivesse tanto valor naquele momento: uma carteirinha da biblioteca municipal.

"As bibliotecas são o meu lugar preferido no mundo. Sempre me fascinaram, desde menina. Minha mãe dizia que, quando eu ainda não conseguia pronunciar bi-bli-o-te-ca, falava apenas: a casa dos livros. Para mim, eram lugares mágicos; se cada livro era um mundo, a biblioteca era o universo. E eu nem precisava de capacete ou nave intergaláctica para explorá-lo...

Um pouco mais tarde, na minha adolescência, as bibliotecas perderam um pouco sua aura encantada, mas ainda assim foram essenciais na construção da minha personalidade. Eu já tinha lido quase tudo do que era recomendado para a minha idade: li inúmeros clássicos infanto-juvenis e romances de formação; devorei obras de fantasia, distopias e ficção científica.

Em algum momento, porém, senti que nada daquilo me pertencia. Ou que eu não pertencia a nenhuma daquelas histórias. Se cada livro era um mundo, eu ainda não tinha achado o meu.

Um dia, depois de abandonar outro livro pela metade, deixei de lado as recomendações e expandi o meu universo conhecido para outras prateleiras. Foi então que conheci Octavia Butler – e me reconheci, como jamais tinha acontecido, em Dana. Logo em seguida, Chimamanda Ngozi Adichie me apresentou a Kambili, uma garota que, na minha imaginação, tinhas as minhas próprias feições. Segui com Carolina Maria de Jesus, Alice Walker, Conceição Evaristo, Toni Morrison e Ana Maria Gonçalves (só agora, ao escrever, percebo o quanto Kehinde e eu temos em comum). Essas autoras me deram pertencimento. Foram elas que me ajudaram a encontrar um lugar no mundo.

Quando completei dezoito anos, não foi difícil escolher o caminho que seguiria: minha nave exploratória naquele imenso universo já tinha pousado, naturalmente, nas prateleiras de História. Queria conhecer as histórias que inspiravam as minhas autoras preferidas. As bibliotecas me guiaram à minha vocação."

Piedade não precisava de uma carteirinha para ter acesso à biblioteca municipal de uma Cidade Fantasma, é claro. O que a deixou radiante ao encontrar a carteirinha foi saber que ali, naquela cidade onde estava, havia uma biblioteca.

Prontamente, pôs-se a avaliar os riscos de ir até lá: apesar de possuir o endereço, não sabia onde ficava – teria que ir para o centro e explorar a cidade; pelo menos, pelo que podia ver pela foto, o prédio era bastante característico, não devia ser difícil encontrá-lo – mas ainda havia os riscos das armadilhas da Milícia ou cruzar com alguma incursão. Não valia a pena...

"...se não fosse uma biblioteca. Venho atravessando o inferno há tempo demais. Mereço uma visita no paraíso."

◆

Era um projeto arquitetônico ousado: a fachada do prédio da biblioteca municipal era composta, em sua parte superior, por sete blocos de diferentes alturas. Foram dispostos sem respeitar uma ordem de grandeza, seguindo uma aparente aleatoriedade, perfeita e bem planejada. Abaixo da linha dos blocos, distante a mais de um metro das paredes de concreto exposto e sustentadas por uma estrutura metálica avermelhada, folhas de vidros transparentes revestiam todo o prédio retangular, até o chão. A ousadia do projeto, Piedade pensou diante da fachada, era guardar uma biblioteca dentro de uma caixa de livros futurista.

Não foi difícil encontrá-la. Apesar de não haver mais ninguém ali para direcionar, as placas de sinalização urbana continuavam em seu posto, cumprindo resilientemente sua missão. As setas levavam, principalmente, para o estádio de futebol, o mercado central, a igreja matriz e a biblioteca, provavelmente os pontos turísticos mais famosos da cidade.

A biblioteca fora construída em uma área ampla, cercada por árvores, em meio aos prédios do centro da cidade. Sua presença era como se fosse um respiro no caos urbano daquela rica cidade interiorana – e era justamente disso que Piedade precisava.

Os dois quilômetros que separavam o condomínio do centro foram difíceis de percorrer, ainda que o trajeto tenha sido seguro: a cidade estava de fato relegada aos fantasmas. Piedade não cruzou com ninguém em seu caminho tampouco avistou ou identificou qualquer armadilha da Milícia. Contudo, sentiu-se muito cansada; além das dores nos tornozelos e na lombar, já recorrentes, o fôlego minguou ainda na primeira metade do percurso.

Quando finalmente chegou à área da biblioteca, o primeiro a fazer foi buscar a sombra de uma árvore; então, largou a mochila no chão e desejou poder fazer o mesmo com a barriga, mesmo que só por alguns minutos. Enquanto retomava o ar, de onde estava, observou que, no meio da tarde, o sol que batia no prédio da biblioteca desenhava no chão uma sombra torta, como se os livros de concreto guardados naquela caixa futurista tivessem tombado para o lado. Piedade sorriu: a despeito de todas as transformações do mundo, ao menos as bibliotecas ainda permaneciam encantadas.

> "Depois de muitos anos, eu estava de novo em uma casa dos livros! E aquela era maravilhosa: por algum milagre – ou simplesmente, pelo fato dos livros já não despertarem nenhum interesse – a biblioteca se mantinha intocada, conservando em seu ventre milhares de exemplares perfeitamente organizados. Apesar da poeira, bastou abrir uma fresta da janela para ver que tudo se preservara em seu devido lugar. Era como se os espíritos ancestrais dos griots tivessem protegido as histórias do mundo ao longo de todo aquele tempo. Eu poderia ficar ali, junto com eles, para sempre."

Foram horas passeando, tranquilamente, entre as estantes. Com a ponta dos dedos, correu e saltou entre os livros, reconhecendo obras e autores. Recordou trechos, revisitou mundos; reencontrou a si mesma em vários estágios da vida.

Decidiu, então, levar um livro para as cordilheiras. Ou três – a vida na mata não tinha tantos afazeres assim. Mas não seria uma decisão fácil, ainda mais em meio àquelas milhares de opções. Gostaria de reler algum? Ou aproveitaria o ocasião para ler os clássicos que nunca lera? Talvez pudesse levar um livro de História, para matar a saudade dos estudos. As possibilidades eram muitas e a deixavam indecisa. Afinal, para Piedade, esta também era uma questão de sobrevivência – ao menos, mental.

Pegou um daqueles carrinhos de bibliotecários – que sempre teve vontade de usar – e passeou pelos corredores fazendo uma pré-seleção. Delimitou-se a pegar apenas três livros em cada categoria; caso contrário, não sairia nunca dali.

Mas, ao encontrar um que lhe era especial, todo o plano se desfez.

A edição de capa dura conservara as páginas com enorme êxito. Levou o exemplar até uma das áreas de leitura, sentou-se em uma poltrona e o abriu:

– "Quando tinha quase treze anos, meu irmão Jem sofreu uma grave fratura no cotovelo." – Piedade leu, sussurrando. – "Depois que o cotovelo ficou bom, e Jem perdeu o medo de não mais poder jogar futebol, ele passou a dar menos importância ao que aconteceu." – Ela continuou, deliciando-se com a retomada de imagens criadas pela sua mente adolescente. – "O braço esquerdo ficou um pouco mais curto do que o direito; quando ele ficava de pé ou andava, o dorso da mão ficava perpendicular ao corpo e o polegar paralelo à coxa. Ele não ligava, desde que pudesse continuar dando chutes e passes."

Reler o primeiro parágrafo de *O Sol É Para Todos* lhe trouxe uma alegria inimaginável para os dias de então. O sentimento foi ao mesmo tempo tão intenso e repentino que, sem perceber, Piedade segurava um sorriso inocente em seus lábios. Enquanto relia as mesmas frases lidas há tanto tempo, lembrou-se da história de Louise, uma garota doce que teria, ao longo do romance, seus olhos desvendados para a realidade do mundo – e recordou o quanto essa leitura tinha sido importante em seu próprio momento de desvendamento.

– "Quando tantos anos se passaram, que podíamos olhar para trás e lembrar deles, às vezes comentávamos os fatos que levaram ao acidente." – Piedade seguiu, aos sussurros. – "Continuo achando que tudo começou com os Ewell, mas Jem, que era quatro anos mais velho do que eu, dizia que as coisas começaram bem antes. Ele dizia que começaram no verão em que conhecemos Dill e ele nos deu a ideia de fazer Boo Radley sair de casa."

Pela primeira vez desde que se tornara nômade e solitária, Piedade sentiu vontade de compartilhar aquele momento com alguém. Foi um sentimento ao mesmo tempo tão intenso e repentino que, sem perceber, Piedade acariciava o ventre durante todo o tempo que lia.

"Eu já não leio só para mim."

◆

Então, o silêncio da biblioteca se estraçalhou. Ruídos de sapatos riscando o asfalto invadiram o prédio junto com um tumulto embaraçado de vozes. O encanto havia se quebrado.

O barulho repentino fez todos os músculos de Piedade se contraírem. Imediatamente, recordou e se arrependeu de cada um dos luxos, das alegrias e dos instantes de tranquilidade que vivera nos últimos dias. Teve certeza de que, em breve, pagaria por eles.

A violência do plano da marginalização não residia apenas no genocídio que era consumado diariamente nas ruas. Seu grande trunfo era interiorizar nas vítimas a condição que lhes foi imposta. Naquele instante de pânico, por exemplo, Piedade chegou a se culpar por buscar um mínimo de conforto e dignidade, como se não os merecesse.

De onde estava, escutou palavras de ordens e imperativos – só podia ser a Milícia. Levantou-se sobressaltada e correu até a janela. O sol, que era para todos, ficou caído no chão, aos pés da poltrona.

Lá fora, um grupo formado por dezenas de homens e mulheres, todos próximos da idade zero e vestidos com uniformes de fábrica, estavam com os braços ao alto, enquanto jovens armados os cercavam, aos berros. Pelo que Piedade conseguiu ouvir, um deles dizia que, a partir daquela data, não poderiam mais cortar caminho para o alojamento por ali. A cidade agora era da Milícia e eles iriam limpá-la. Qualquer velho, ou quem quer se parecesse com um, seria fuzilado. Eles tinham dez minutos para sair.

Piedade não teve muito tempo para pensar. Abriu a mochila, vestiu o seu uniforme apertado e correu. Nervosa, parou a caminho da saída e voltou – não poderia ir embora sem levar tudo o que pegou na casa. De repente, ouviu o som de uma arma sendo disparada – não tinha mais tempo. Em sua condição de sobrevivente, era uma questão de análise de risco: a mochila era pesada e impossível de se disfarçar. Teria que deixá-la para trás.

◆

Piedade saiu da Cidade Fantasma camuflada entre o grupo de operários. Eles foram seguidos, durante todo o percurso de ruas vazias, por dois milicianos que queriam ter certeza de que ninguém se esconderia ou roubaria nada de nenhuma das casas. Piedade estava apavorada, mas em nenhum momento deixou de acariciar a barriga, tentando acalmar o bebê e também sendo acalmada por ele. No bolso de trás da calça, carregava mais do que caberia em uma mochila: a companhia de Louise, Jem, Calpurnia e Atticus.

nquanto lia, Daren mantinha um caderno aberto ao seu lado. Nele anotava todas as perguntas que lhe saltavam do livro surrado que o Professor Jacinto lhe emprestou.

    A primeira das tantas que já o preenchiam se referia às datas. A forma com que o livro as registrava lhe era estranha e dificultava seu entendimento. Por exemplo: o ano de 1333, pelo que entendera, se referia ao ano três da década três do século três do milênio um – correto? Mesmo que sim, ainda tinha dúvidas sobre o quão antigo podia ser o mundo. Jamais ouvira nada sobre tempos tão remotos.

De qualquer maneira, o livro relatava que, por volta deste ano, a bactéria Yersinia Pestis inflamou gânglios linfáticos, sacudiu corpos febris, causou vertigem e apatia e, ao longo de quase duas décadas, matou mais de cinquenta milhões de pessoas. Comum nos roedores, foi transmitida aos humanos pelas pulgas. Sua devastação foi tamanha que a doença ficou conhecida pela alcunha de "Peste Negra".

Outro grande mal surgiu a partir de 1817 – que Daren teve que traduzir para ano sete da década um do século oito do milênio um. Centenas de milhares de pessoas padeceram, em menos de dez anos, de uma diarreia intensa. Contagiavam-se pela água ou por alimentos contaminados com Vibrio Cholerae. A doença foi chamada de "Cólera" e era tão maligna que, de tempos em tempos ao longo dos séculos, sofreu mutações que causaram novos ciclos epidêmicos.

Durante a leitura, vários estranhamentos perturbaram Daren. O primeiro se deu logo no início, ainda nas primeiras páginas: por que lhe deram um livro sobre doenças quando, na verdade, questionara o que estava por trás do mundo em que vivia? A segunda estranheza lhe ocorreu ao se deparar com todos aqueles nomes e informações referentes às moléstias fatais: até começar a ler o livro, nem mesmo sabia que doenças, algum dia, chegaram a matar. Nos discursos introdutórios das cerimônias de *Felix Mortem* que visitou, ouvira qualquer coisa sobre o quão avançada era a medicina atual, mas não deu bola; não imaginava que, antes disso, o mundo sofrera com tantas doenças. Na verdade, não imaginava que, antes do presente, já houvesse tanto mundo.

Mas o livro estava apenas começando: ainda houve um bilhão de mortes causadas, ao longo dos cem anos entre 1850 e 1950, pelo bacilo de Kock, agente de um mal altamente contagioso e transmitido pelo ar, conhecido por "Tuberculose". No fim do século xx e na primeira metade do xxi – se a definição de século era complicada para Daren, seu registro em algarismos romanos a tornava completamente incompreensível –, ainda ressurgiu como doença oportunista, aproveitando-se dos pacientes com AIDS, um outro mal que destruiu o sistema imunológico de mais de trinta milhões de pessoas, para tirar-lhes a vida.

O primeiro capítulo seguia com os registros dos séculos e das mortes, da Varíola, do Tifo e da Gripe Espanhola; do Sarampo, da Malária e da Febre Amarela. Terminava dizendo que a história do mundo podia ser contada pelos males que o acometeram.

A claridade da manhã, mais uma vez, flagrara Daren sentado no chão, encostado na cama, com o livro apoiado entre os joelhos. Há dias, era ali que o sol o encontrava. Assim como das outras vezes, já que as páginas estavam naturalmente iluminadas, ele esticou a mão sobre o criado-mudo e apertou o interruptor; já não precisava da luminária para continuar a leitura.

A abertura do segundo capítulo era contundente: dizia que, ao fim, nenhum daqueles males provara-se imbatível. Mesmo que tenham reduzido a população drasticamente, mesmo que tenham gerado mazelas e misérias, todos eles foram, enfim, derrotados. A humanidade resistiu e se superou: criou antibióticos e inventou vacinas, extinguiu agentes transmissores e inibiu a reprodução viral; e a partir de determinado momento da história – este era um termo que Daren ainda carecia de explicação –, doenças deixaram de ser fatais. Não há mais mal físico que não possa ser curado. Otimista, o homem vislumbrou-se soberano em sua própria existência.

Restava apenas derrotar o Tempo.

Continuava: se é possível contar a história do mundo pelas doenças, também o é pelas guerras. Desde que o homem se reuniu em tribos, ele guerreia. Por água e comida, por território e poder; batalhou-se por minérios, especiarias e qualquer que fosse a riqueza de então; matou-se em nome de uma dinastia, de um deus ou das cores de uma bandeira; homens combateram homens para escravizar outros homens; dizimaram povos nativos inteiros sob justificativa da expansão. Nunca, ao longo de toda a história, faltaram motivos às guerras. O número de mortes causadas por elas é incalculável.

O capítulo seguia com uma longa lista de conflitos. Datas, breves contextos e os números aproximados de mortes contavam a história da evolução humana. Como nunca tinha ouvido falar em nenhuma daquelas guerras, Daren fez uma série de anotações em seu caderno; uma das questões, talvez a mais contundente, era se tudo aquilo poderia mesmo, por definição da palavra, ser chamado de evolução.

Ao fim da lista, contudo, o livro afirmava que, apesar da devastação das guerras e das chagas sociais causadas pelas mazelas, nenhuma ou nem mesmo a soma das duas superou o Tempo em número de mortes. Portanto, para aqueles que se almejam soberanos em sua própria existência, o Tempo é a peste e a cólera, a flecha e a bomba. É o único mal sem cura, o único exército infalível. O Tempo é o único senhor da nossa perecível materialidade.

Talvez por isso, ao longo das eras, tenha sido ele, o Tempo, a maior das obsessões humanas. A profundeza marinha, por exemplo, que tanto ocupou o imaginário universal de uma época, com seus monstros e lendas, não atraiu mais aventureiros do que a busca pela imortalidade. Quantos alquimistas empenharam-se na missão de encontrar a pedra filosofal? Quantos arqueólogos se debruçaram sobre a areia do deserto em busca do cálice sagrado? Quantos tolos faleceram acreditando na promessa de um elixir? A exploração do infinito espacial, outra obsessão desde que o homem se colocou de pé e avistou as estrelas pela primeira vez, inspirou tanto nossa fantasia quanto as viagens no tempo, uma tentativa ficcional de domá-lo e um tema recorrente desde quando as mitologias ainda estavam em formação. Até mesmo os questionamentos e as investigações sobre nossa própria existência, uma obsessão tão fundamental quanto milenar, passaram em sua maioria pela vã tentativa de insubmissão ao tempo: basta apurar quantas religiões nos confortaram, cada uma a seu modo, com a garantia da eternidade. A ideia de vencer o Tempo se transfigurou ao longo dos séculos, mas jamais desapareceu.

Então, finalmente, Daren compreendeu o porquê do Professor Jacinto ter lhe emprestado aquele livro. Para começar a entender um mundo repartido entre idosos e não-idosos, primeiro era fundamental saber como o Tempo tinha se tornado o maior vilão da humanidade.

Era meio-dia, sua pele estava oleosa e os óculos escorregavam pelo nariz. Precisava parar, tomar um banho, comer alguma coisa; porém, naquele momento, estas já não eram necessidades primordiais. A medida que avançava na leitura, algo extraordinário lhe acontecia: cada descoberta sobre o passado era uma investida impetuosa que estraçalhava sua compreensão não apenas do mundo mas também de si mesmo, deixando-o absolutamente perdido, palmilhando os cacos de vazio e fúria que lhe restavam, conforme o Professor Jacinto lhe alertara.

Até que o livro alcançou o meio século anterior ao Ano Anacrônico. Então, aos poucos, sua mente foi se desfragmentando, reconstruindo uma concepção do mundo e lhe devolvendo, além do acesso a alguns flashs de memória, a possibilidade de encontrar o seu lugar nele.

O período que precedeu às medidas definitivas de segmentação etária foi o auge de uma sociedade obcecada pelo Tempo. Perder tempo era um pecado; monetizá-lo, uma regra – "tempo é dinheiro", bradavam –; e com os avanços da ciência antienvelhecimento, a humanidade obteve consideráveis – mas, ainda assim, enganosas – vitórias: além das doenças já não serem fatais, o corpo humano começava a superar seus mais otimistas prazos de validade. Finalmente, o homem estava derrotando o Tempo.

Então veio a crise. A ambição de quem renegava sua deterioração e se pretendia eterno levou o mundo ao colapso econômico; e este, por sua vez, o levou à falência social.

De repente, enquanto lia sobre como o mundo despencou do ponto mais alto de seu desenvolvimento tecnológico para as ruínas dos dias em que vivia, Daren reconheceu-se no caos.

◆

A temperatura da água encobriu o banheiro com uma neblina quente e úmida. Os óculos de armações grossas e acabamento fosco foram largados sobre a pia. Suas lentes estavam embaçadas, assim como o espelho embutido no armário.

Dentro do box, sentado no chão, Daren não reagia à água quente do chuveiro que lhe cascateava a cabeça. Seus olhos se mantinham tão fixos em qualquer ponto invisível através da parede que pareciam sustentá-la. Duas imagens o afogavam: a primeira, a lembrança de uma tarde em que, no intervalo entre duas aulas, lanchava no refeitório. Era uma recordação trivial, resgatada por sua memória sem motivo claro, mas que revelava um Daren, adolescente, vivendo em um daqueles Lares-Escola, implementados no início do TranMat.

A recordação remontava uma pequena, mas significante parte de sua história: Daren era um legítimo "Filho do Estado" – fato que explicava a sua, por tanto tempo, perfeita adaptação àquele mundo.

A segunda imagem era uma peça solta da memória, que remetia a um período ainda anterior ao da primeira, mas sem nenhum contexto que Daren pudesse, então, compreender: nela, ele era apenas um menino e corria, livremente, pela mata.

Q

uando a noite chegou à sede da fazenda, não encontrou Perdigueiro. Ele só apareceria na varanda quase meia hora depois, certificando-se, silenciosamente, de que não deixara nenhum rastro do velho para trás. Depois disso, enfim, entrou em casa para rever seu pai.

    A maçaneta girou de forma imperceptível, mas o rangido covarde das dobradiças denunciou sua chegada. Perdigueiro ainda não havia entrado em casa quando ouviu o homem gritar:

— Onde você estava, menino?

Moleque e menino eram os dois termos que o homem mais usava para se referir a Perdigueiro. Contudo, a escolha por um ou por outro caracterizava situações absolutamente distintas – e Perdigueiro já aprendera a identificá-las. Moleque, por exemplo, era o termo que pontuava xingamentos – "deixa de ser burro, moleque" – ou que os antecedia – "moleque imprestável", "moleque chorão"; moleque também era ameaçado – "você me paga, moleque"; e era também o moleque que recebia os tapas e os castigos prometidos. Já o termo menino era usado em momentos de afeto, mas estes eram tão raros que o moleque não se lembrava de nenhum.

"Onde você estava, menino?", foi o que o pai disse. Logo, pela vivência de Perdigueiro, aquilo não era o início de uma bronca. Aliviado, fechou a porta atrás de si.

O homem estava sentado à mesa na companhia de seis maços de dinheiro – um sendo contado –, duas caixas de munição e uma garrafa de aguardente, já aberta. Perdigueiro ainda notou que havia ali dois copos pequenos.

— Perdeu a língua, menino? – O pai perguntou, com um traço de graça na voz que poderia até ser confundido com saudade.

Mas não por Perdigueiro. Pelo menos, não mais. Aprendera a reconhecer quando o homem estava bêbado e, portanto, feliz. Era uma felicidade que podia ser medida em mililitros, tão frágil quanto a garrafa que a continha. Por este motivo, o menino se concentrou em inventar qualquer resposta para sair dali antes que ela, a felicidade, se quebrasse.

Mas não teve tempo suficiente para pensar.

– Vem, senta. – O pai falou, apanhando a garrafa e servindo os dois copos pequenos. – Está na hora de você começar a beber.

A boca do pai traçou uma linha torta e grotesca. Era o seu jeito desacostumado de sorrir.

– Hoje a gente vai comemorar! – Continuou, apontando para os maços de dinheiro com o queixo.

Perdigueiro permanecia imóvel entre a porta e a mesa; não sabia como reagir à graça e ao sorriso do pai. Estava tão acostumado à forma como ele normalmente lhe tratava que um momento aparentemente amistoso, como aquele, lhe trazia desconfiança.

Para o pai, entretanto, aquela irritante hesitação do moleque diante de uma ordem sua era o suficiente para a garrafa de felicidade começar a trincar.

Com um chute por baixo da mesa, ele afastou uma das cadeiras e, acenando rispidamente com a cabeça, ordenou que o menino se sentasse. Estava bêbado e, portanto, feliz; mas o álcool não inibia sua agressividade. Seus gestos continuavam amedrontadores, ainda mais para uma criança da idade de Perdigueiro.

Lá fora, o folhedo cochichou. A incursão do vento também fez a tela aramada bufar. Até Uzi, Glock e Lancaster reagiram à breve corrente de ar com alguns uivos, mas logo se calaram. A noite estava tão escura que os sons desapareciam rapidamente nela.

– Bebe. – Ordenou o pai, após o menino se sentar.

O copo estava à sua frente, cheio até a borda. Perdigueiro o encarou e, em um escape guiado pela curiosidade, perguntou-se se o líquido era amarelado ou se era a fraca lâmpada da sala o deixava assim.

– Anda, moleque. Bebe.

Perdigueiro pegou o copo e o levou até a altura da boca. Não queria beber; não queria fazer nada que o tornasse parecido com aquele homem. Mas o pai tinha usado moleque e a escolha pelo termo indicava que a situação era delicada. Portanto, talvez fosse melhor beber de uma vez, antes que ela piorasse.

Com o copo em frente à boca, o menino inspirou profundamente, buscando uma última dose de coragem. Porém, ao puxar o ar, foi invadido pelo cheiro corrosivo do álcool e hesitou. O pai, por sua vez, conhecedor dos inflamados sabores da aguardente, estava preparado para aquela reação: antes que a criança pudesse baixar a mão e retornar o copo à mesa, ainda cheio, o pai o entornou em sua boca. Perdigueiro tentou se desvencilhar, mas o homem segurou sua cabeça e o forçou a beber toda a dose.

– Bom garoto! Bom garoto! – O pai riu, orgulhoso.

Primeiro, Perdigueiro sentiu os lábios queimando; em seguida, levou as mãos à garganta, certo de que ela havia sido rasgada; por fim, teve a impressão de um incêndio devastar suas entranhas. Engasgou, tossiu, o rosto se retorceu; mas nenhuma dessas reações fez o pai se compadecer. As caretas aflitivas do menino serviram apenas para intensificar sua gargalhada. A seus olhos, finalmente estavam comemorando!

A caçada na Pedra da Coruja havia sido um tremendo sucesso, ainda que, no início, o grupo de Raposas tenha achado que a busca não daria em nada. Marcharam quase cinco quilômetros em mata fechada, sem encontrar vestígio algum de velhos. A pista que receberam era que havia um grupo escondido abaixo da face norte da Pedra, mas não o encontraram e chegaram a desistir. Ao fazer o caminho de volta, contudo, decidiram circundar a Pedra, o que levaria mais um par de horas. "Aprende, Perdigueiro", o pai aconselhou, muito sério: "Raposa que é bom não arreda o pé." A insistência valeu a pena: os velhos estavam escondidos do outro lado da Pedra. Os Raposas, então, passaram a madrugada toda de tocaia e só invadiram o esconderijo quando saiu o primeiro raio de sol. Pegaram aquele bando de animais de surpresa.

De vez em quando, a história era interrompida para que o pai molhasse as palavras. Em uma dessas pausas, aproveitou para tornar a encher o copo do menino.

Para a surpresa dos Raposas, os velhos escondidos na Pedra da Coruja estavam em maior número do que o esperado. "Nunca vi tanto velho dando sopa junto! Você ia fazer a festa, Perdigueiro!", o pai contou, animado. Seguia explicando que alguns deles já estavam caquéticos, mas que a maioria ainda tentou resistir. "Me acertaram uma pedrada aqui", o homem falou, apontando para a clavícula direita. Os Raposas foram atacados com galhos e pedras; por isso, segundo contava, boa parte dos velhos teve que ser sacrificada ali mesmo.

Passou, então, a descrever cada uma das mortes. Mas enquanto o pai falava das atrocidades cometidas, Perdigueiro ainda se acostumava às sensações que a aguardente lhe causava. Além disso, não prestava atenção na história, não queria ouvir nada daquilo. Sua cabeça estava no paiol.

Algumas horas mais cedo, quando o ruído dissonante do motor interrompeu a conversa na varanda, Perdigueiro imediatamente se postou como um cão: coluna aprumada, focinho projetado à frente, todo o corpo em alerta. Não havia o que pensar: apanhou seu canivete e partiu em direção ao velho.

O idoso se assustou; por um breve momento, acreditou que o menino fosse matá-lo. Mas o garoto agiu tão rápido que o susto não perdurou: Perdigueiro cortou as cordas que o atavam à coluna e o ajudou a se levantar.

Antes de deixarem a varanda, o garoto ainda juntou a bucha usada no banho, o prato e o copo das refeições, e jogou tudo dentro do balde, junto com as roupas. Pegou ainda a manta e o travesseiro; não podia deixar nada para trás.

Correram na direção do paiol. O velho, sentindo-se mais fraco a cada dia, precisou do apoio do garoto ao longo de todo o trajeto. O lusco-fusco não lhe ajudava: tropeçou algumas vezes e, por causa de um buraco imperceptível na confusa luz do horário, caiu.

No momento da queda, Perdigueiro calculou que seu pai devia estar descendo a estrada, entre a cerca e o pomar. Dali, se estivesse atento, poderia flagrá-los, ele e o velho, em fuga, cruzando a área de plantio. Sorte a deles, o menino pensou, que a confusa luz do horário, ajudava-os.

Com o amparo do garoto, o idoso se levantou e, depois de cruzarem mais algumas dezenas de metros, chegaram ao paiol. Largou-se no mesmo canto em que fora encontrado; a dor abdominal se intensificara e maltratava, ainda mais, seu já combalido corpo. Perdigueiro, por sua vez, afastou algumas caixas e ferramentas para abrir um espaço onde estendeu, cuidadosamente, a manta; sobre ela, colocou o travesseiro. O velho tinha um lugar para descansar.

Por fim, o menino também se sentou. Nas entranhas do paiol, os dois recuperaram o fôlego em um silêncio esbaforido e reflexivo. Não trocaram nenhuma palavra sobre os significados e consequências do que acabara de acontecer. Afinal, não era preciso: o garoto facilitara a evasão do cativo, acobertara sua fuga e agora se refugiava junto com ele. Escolhera um lado – e isso não tinha volta.

"Termina de contar a história", o garoto pediu, depois de um longo período em que seus batimentos e sua respiração foram normalizados. "Só se você trouxer os remédios que tiver na sua casa.", o velho respondeu, ainda arfando.

– Nunca ganhei tanto dinheiro na vida! – O pai deu um soco na mesa, comemorando.

Foi assim, sem perceber, que o homem reconquistou a atenção de Perdigueiro.

– O Jiboia quase não acreditou quando a gente chegou lá com aquele tanto de corpo. Não tinha nem dinheiro suficiente na hora. Tivemos que esperar ele ir buscar.

O pai entornou o que ainda restava no copo e voltou a enchê-lo. Em seguida, pegou uma das caixas de munição e colocou na frente de perdigueiro.

– Toma. Essa aqui é para você. – Falou, empostado de uma emoção facilitada pelo álcool. Para o homem, aquele parecia ser um momento marcante.

Perdigueiro olhou, confuso, a caixa de munição. Não entendeu o que o pai queria com aquilo.

– Amanhã cedo a gente vai lá no Bastos. – O homem explicou. – Ele sempre fica com uma velha por uns dias. O que eu combinei com ele foi que ela é tua, Perdigueiro. Você já provou que é um bom Cão, está na hora de virar um Raposa. Se eu tivesse começado antes, tinha subido para Jiboia faz tempo. – O pai pegou seu copo e o levantou, em brinde. – Amanhã você mata seu primeiro velho!

O homem estava verdadeiramente feliz e, até mesmo, tocado. Talvez aquela fosse sua ideia de reunião familiar.

Mas Perdigueiro não reagiu ao brinde. Levou alguns segundos para responder – e quando o fez, sua voz saiu baixa e respingada com tons de medo e coragem:

– Eu não quero, pai.

A felicidade líquida, tão frágil quanto a garrafa que a continha, estava prestes a se quebrar.

Pego de surpresa pela ousadia do moleque, o homem permaneceu com o braço estendido ao alto, congelado pela fúria.

– Quê? – O pai desafiou-o a repetir.

– Eu não quero ser Raposa. – O menino desabafou. – Eu não quero mais caçar velho nenhum.

Foi instantâneo: em mais um acesso de raiva brutal, usando contra uma criança uma força que derrubaria um homem do seu tamanho, o pai atirou um tapa no rosto de Perdigueiro.

Mas, dessa vez, não o acertou. Com um movimento ligeiro e habilidoso, o menino se esquivou do tapa e se afastou da mesa. Sua reação foi tão rápida que a mão do pai atingiu o encosto da cadeira e o choque, além de derrubar o móvel, ainda quebrou um dos dedos do homem.

O pai se levantou com o rosto retorcido pelo dor e encarou, aturdido, o menino: Perdigueiro tinha o peito inflado e os lábios tensionados; o corpo estava rigorosamente apontado na sua direção, vigilante como o cão que aprendera a ser.

Lá fora, Uzi latiu, acordada ou pelo estrondo dentro da casa ou pelas afetivas ligações que tinha com o menino. Mas, fora isso, nada podia fazer. Os barulhos subsequentes ao estrondo de uma cadeira tombando seriam ainda mais assustadores.

Massageando o dedo quebrado, o pai deixou que o lábio inferior cobrisse o superior e balançou a cabeça levemente para cima e para baixo – um sinal de aceitação que, até pouco tempo, Perdigueiro ansiava em receber.

– É... você está crescendo, moleque. – O pai riu, com ironia. – Está ficando esperto.

De repente, arremessou o copo na porta, atrás de Perdigueiro. O menino se assustou e, para fugir dos estilhaços, deu um passo em direção ao pai. Foi o suficiente para ser agarrado.

– Você acha que já pode me enfrentar, seu moleque dos infernos? – O homem gritou. – Acha que já está páreo para mim? – Disse, antes de desferir o primeiro soco no rosto do menino.

Perdigueiro caiu no chão atordoado. O homem avançou e descarregou sobre ele muito mais que uma série de tapas:

– Você acha que eu gosto de viver nessa merda de lugar, moleque? Acha que eu escolhi essa bosta de vida? – Urrava. – Minha vida era boa antes desses vermes se proliferarem! Vivia na cidade, tinha mulher, emprego. Até que esse bando de imprestáveis afundou o país! Velhos de merda! – Berrou, sem aliviar a surra. – Eu tive que vir pra essa merda de fazenda! Eu tive que dar um jeito de sobreviver! Não escolhi nada disso, moleque mimado do cacete! Você tinha que me agradecer de ter te colocado na Milícia!

Perdigueiro mal ouvia o que o pai falava; a dor dos golpes gritava muito mais alto. Mas não chorava.

– Ou você acha que eu estou velho? É isso? É isso, moleque? Acha que já está chegando a hora de me passar? – Continuou batendo.

Bêbado de raiva, o pai deixou escapar seu medo: enquanto matava velhos por dinheiro, também se tornava um. Quem puxaria o gatilho quando chegasse sua hora?

Lá fora, Uzi latia. Mas, fora isso, nada podia fazer.

◆

Aos poucos, os olhos perdoam a escuridão.

No paiol, deitado sobre a manta, retinas ajustadas ao breu, o idoso olhava para os contornos das ferramentas penduradas na parede. Tentava adivinhar a funcionalidade de cada uma delas, um exercício de imaginação para tentar distrair a mente.

Estava há horas na mesma posição, mas não dormia: roubavam-lhe o sono a dor no abdômen e a teimosia dos pensamentos, que insistiam em reviver todos os acontecimentos desde que fora encontrado pelo garoto. Ao seu lado, junto ao corpo, segurava seu saco de estopa, que deixara escondido ali quando foi levado para a sede da fazenda.

Já devia ser madrugada quando, lá fora, ouviu o som de passos pisando a terra. Eram leves, mas tinham pressa. Tanto que, depois de poucos segundos, os frágeis degraus de madeira reclamaram do peso a que foram submetidos. O idoso escondeu o saco atrás do travesseiro antes do trinco da porta soar um ruído baixo e agudo, que lhe serviu como campainha.

— Está acordado? — O garoto sussurrou por uma fresta da porta.

Lá fora estava tão escuro quanto ali dentro. Impossível saber se era a noite que invadia o paiol ou se era o paiol que guardava o epicentro da noite.

— Estou. — Respondeu o idoso, autorizando sua entrada como se aquele fosse seu quarto.

Perdigueiro entrou e fechou a porta com cuidado, silenciando cada movimento. No escuro, reconheceram-se apenas pelas silhuetas.

– Trouxe comida, água e todos os remédios que eu achei. – O menino informou, ajoelhando-se próximo à cama improvisada do velho.

O idoso só conseguiu agradecer depois de expelir o fôlego que foi necessário estocar, por alguns segundos, para cumprir a missão de erguer o tronco e se pôr sentado.

– Obrigado.

Enquanto tentava encontrar uma posição menos incômoda para as costas, ouviu um chiado plástico brotar entre eles e concluiu que o garoto trazia tudo aquilo em uma sacola.

– Também peguei uma vela, para você conseguir ler o nome dos remédios. – Perdigueiro explicou.

Nem mesmo o idoso tinha se atentado aquele detalhe: sem uma fonte de luz, teria que esperar até a manhã seguinte para avaliar se algum dos remédios lhe serviria. Trazer a vela, portanto, era um gesto de zelo e atenção, um cuidado que enterneceu o idoso.

Tocado, pela primeira vez olhou para o garoto sem as lentes do susto, do medo ou da fome urgente. No escuro do paiol, a sombra do Cão que envolvia o menino se dissipava; sua silhueta revelava apenas uma criança.

Pelo barulho de chocalho, o garoto devia ter em mãos uma caixa de fósforo. O idoso acompanhou suas ações pelos ruídos que elas causavam: o arrastar da caixa se abrindo, a pequena agitação causada pela retirada de um dos palitos, o riscar da cabeça na lateral química e áspera e o som único do nascimento de uma chama.

O fogo devia ser um conforto, um acalento. Porém, assim que a luminosidade ganhou território e revelou o rosto do garoto, o idoso se horrorizou.

Perdigueiro trazia na feição deformada cada um dos tapas e socos que levara do pai. Sob um dos olhos, uma pequena bolsa de sangue se formava; a testa estava esfolada e vermelha; e no canto da boca, um inchaço crescia em torno de um pequeno corte vermelho.

– Pelo amor de deus, o que aconteceu com você? – Disse o idoso, a voz arrepiada de pavor.

Espantado, o idoso chegou a levantar, involuntariamente, uma das mãos – mas ela ficou suspensa no ar, perdida entre sua boca escancarada pelo pavor e rosto flagelado do menino.

Além das dores que cada um daqueles hematomas pulsava, Perdigueiro também sentia vergonha. Seu impulso diante do espanto do velho foi baixar a cabeça e terminar o que fazia: então, levou a chama do palito até o pavio e acendeu a vela; depois, uma vez retiradas a marmita e a garrafa d'água, passou a sacola plástica cheia de remédios ao idoso.

– Toma. Vê se algum te serve. – O menino falou, afastando-se da luz, como se quisesse se esconder.

Ainda assombrado pelo estado do garoto, o idoso continuava sem reação. Mas não precisava repetir a pergunta – era óbvio o que tinha acontecido, o garoto não precisava contar: a brutalidade do pai era desumana. Sentiu, então, uma profunda compaixão pela criança. Gostaria de saber se aquelas surras eram recorrentes, se o pai já tinha feito coisas piores, se o garoto não tinha outros parentes que pudessem tirá-lo dali.

Contudo, Perdigueiro estava retraído e machucado; o idoso sabia que o momento era de acolhimento.

— Eu não sei se algum vai me servir. Mas você devia tomar um desses aqui. — O idoso estendeu um analgésico para Perdigueiro. — Vai ajudar com a dor.

Afastado da claridade, escondido no breu do paiol, os olhos lacrimejados de Perdigueiro refletiam a chama da vela como dois faróis distantes. Não se moveu: da sua posição, apenas esticou o braço e apanhou o remédio.

Por alguns minutos, permaneceram em silêncio. Mas não foi embaraçoso: apesar de vulneráveis e fragilizados, a presença de um confortava o outro.

Do lado de fora, a madrugada calava os vestígios do dia. Somente alguns insetos, isoladamente, tinham coragem para desafiá-la.

— O que você tem? — Perdigueiro perguntou depois de algum tempo.

O idoso compreendeu que aquela pergunta era um gesto de abertura.

— Uma doença antiga, dessas que já não matam ninguém. — Respondeu.

— Então por que você não vai para um hospital? — Mais uma vez, o menino-Cão provava, com sua inocência, que ainda possuía muito mais de menino que de Cão.

O velho sorriu com doçura.

— Você tem me atendido melhor aqui do que me atenderiam em um hospital.

Apesar das respostas amenas do idoso, Perdigueiro deixava transparecer, a cada pergunta, um pouco mais de sua tristeza.

— Mas o que você está sentindo? — Insistiu, como se, através da compreensão da dor do velho, pudesse suavizar a sua.

— Uma dor, que nasce aqui... — O idoso levou a mão à lateral do abdômen. — ...e se espalha pelo corpo inteiro.

— Posso ver? — O menino pediu.

O idoso afastou as costas da parede e levantou parte lateral da camisa. Foi necessário aproximar um pouco mais a vela para que Perdigueiro conseguisse enxergar a mancha escura que cobria a pele da região e o caroço que crescia sob ela.

Nada disse; ambos sabiam que estava feio. O idoso tornou a baixar a camisa e, sem perceber, assobiou baixinho aquela canção, melodiosa e arrastada.

— É para isso que essa música serve? — O garoto perguntou.

O idoso não entendeu.

— Para dor. — O menino falou, mais pensativo que curioso. — Você disse que essa música era especial. É para isso que ela serve? Para dor?

A pergunta pegou o idoso de surpresa. Nunca havia pensando sobre a correlação entre aquela música e o sentimento que o impregnava quando a assobiava. Até então, era um ato inconsciente; jamais percebera que ela lhe servia, ao longo de todos esses anos, para amenizar as dores que a vida lhe trouxera.

Então, sorriu com tristeza e concordou, balançando a cabeça.

Perdigueiro também meneou a cabeça, em sinal de compreensão. Estava taciturno, tentando resolver os mistérios que envolviam aquela música.

— Sua mãe, ela assobiava essa música quando você estava com dor? — Perdigueiro questionou, muito sério.

Mais uma vez, o garoto surpreendeu o idoso. Dessa vez, a inesperada pergunta despertou lembranças singelas e remotas, que há muito tempo não eram visitadas. Talvez, por isso, sentiu um fervilhar de lágrimas na garganta que o impediu de responder.

— Ela assobiava para você? Para passar a dor? — Insistiu.

— Aham — O idoso enxugou os olhos e concordou. — Ela assobiava para mim, sim.

Então, de repente, o menino deitou a cabeça em seu colo.

— Você pode assobiar para mim? — Perdigueiro pediu, finalmente chorando.

◆

O idoso acariciou os cabelos do menino e assobiou, por quase uma hora, sua canção melodiosa e triste, até fazê-lo dormir. E continuou assobiando, por muito tempo, mesmo depois do garoto já ter adormecido.

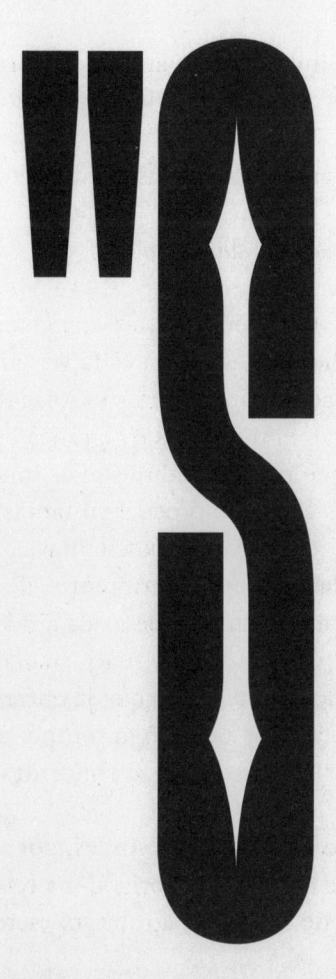

ignificado: o filho da noite
Origem: Nigéria"

O diário que Piedade começou a escrever por pura rebeldia, assim que atingiu a idade zero, era infinito. Não que o número de páginas fosse ilimitado ou que a leitura se revelasse interminável; mas justamente o contrário: os registros da mulher idosa e grávida, que cruzava um mundo onde sua existência era tão indesejada quanto redentora, terminavam antes de acabar. O diário foi abandonado antes do Fim.

Desde que voltara ao abrigo das Cordilheiras,

"minha residência mais duradoura"

como chegou a se referir em uma breve ponderação após o retorno, Piedade escreveu cada vez menos. Suas últimas anotações foram curtas e isoladas, um punhado de pensamentos soltos e algumas breves reminiscências, que pouco lembravam as longas e incisivas reflexões com que preencheu tantas páginas do diário. Sua leitura já não possibilitava a compreensão plena das razões e sentimentos de uma mulher que cumpriu sozinha, apesar da ajuda que lhe ofereceram ainda no início, sua jornada; que protegeu, diante do maior perigo que já enfrentara, o filho que preteriu por um longo tempo; e que escolheu silenciar a caneta para se concentrar em seu tempo.

Deitada entre o Himalaia e os Andes, por exemplo, em uma noite quente que obrigou-a a retirar a esteira que servia de cobertura ao abrigo, escreveu:

"Daqui de baixo, a árvore é uma peneira de estrelas."

Em outra ocasião, depois de se banhar no rio que avizinhava o abrigo e dar permissão à memória para navegar até outras margens do tempo, relembrou a carreira acadêmica e os estudos sobre a diáspora do povo hauçá. Então, anotou:

"O que João Malomi faria hoje, se fosse velho?"

Nas últimas semanas de gestação, quando o peso da barriga restringiu seu raio de busca por alimentos a poucos e extenuantes metros, foi este mesmo rio, onde ela banhava o corpo e a mente, que se tornou seu maior provedor. Em uma manhã de fartura, Piedade chegou a esboçar o início de uma carta:

"*Queridas Dona Joana, Naná e Inês,*

Espero que tudo esteja bem aí na comunidade. Gostaria de convidá-las para almoçar: o rio, aquele mesmo que segui quando deixei vocês, me presenteou hoje com dois peixes ótimos, que já estão no fogo. Espero que não se atrasem. Meu endereço é Condomínio da Figueira, 1º andar, s/n. Se não me reconhecerem, é porque estou sem o uniforme da fábrica. Ele já não me serve mais."

Possivelmente devido à escassez de fôlego, ou pela necessidade urgente de poupar suas precárias reservas – condição que afeta até mesmo a composição de textos mais longos –, ou, quem sabe, por conta dos peixes terem atingido o ponto de cocção desejado, a carta se encerrava assim, de forma breve e repentina. Qualquer que tenha sido o motivo, Piedade a abandonou antes que pudesse perguntar sobre a saúde de cada uma das amigas de idade zero – interrogações que certamente apareceriam logo no primeiro parágrafo. Também pediria notícias sobre o Geraldo, a Eliane e todos os outros que conheceu na comunidade – e é claro que, neste trecho, incluiria um elogio à deliciosa e inesquecível comida preparada pelo idoso. Em seguida, Piedade contaria sobre a incursão emocionante que realizou a uma fazenda, quando deu de frente com uma não-idosa e, para sua surpresa e alívio, acabou ganhando roupas e comida. Também faria um longo relato sobre os dias de luxo e conforto que passara naquela casa abandonada de uma Cidade Fantasma. Reservaria, ainda, um parágrafo para descrever a biblioteca que encontrou e listaria alguns títulos de obras as quais pôde revisitar naquele dia. Só então, ao final, contaria da decisão de procurar um Lar-Escola, onde entregaria o bebê.

Contudo, por qualquer que tenha sido o motivo, fôlego ou peixe, nada daquilo, de fato, chegou ao papel. Aquele início de carta, encerrado de forma breve e repentina, foi a última menção às amigas no diário.

Neste período, também foram curtas e isoladas as anotações sobre a gravidez: por duas vezes, Piedade se queixou das dores na lombar, que passaram a vir acompanhadas por cólicas fortes; também registrou o momento em que sentiu sua primeira contração e fez o mesmo quando percebeu que elas ocorriam em intervalos cada vez mais curtos.

Fora as questões práticas, a única nota sobre o bebê foi aquela:

"Significado: o filho da noite
Origem: Nigéria"

Piedade tinha escolhido um nome. Depois disso, não escreveu mais.

◆

Porém, leu.

Criou vozes diferentes para Louise, seu irmão e até para Dill; emprestou a Calpurnia os amáveis trejeitos de fala de uma antiga colega professora; elegeu as pausas para caracterizar Atticus e baixava a voz sempre que Boo aparecia. Acariciando a barriga, pontuava as vírgulas e os pontos finais com o indicador, diferenciando-os com um leve aumento de pressão, como se estivesse ensinando o bebê a ler.

O Sol É Para Todos, o único livro que conseguiu levar daquela biblioteca guardada em uma caixa futurista, foi lido duas vezes ao longo de três semanas e meia. Sussurrada com delicadeza e afeto, como se a mãe estivesse a poucos centímetros dos ouvidos do filho, a obra embalou os únicos momentos de ternura que Piedade compartilharia com o bebê.

Se tivesse consciência do que, em poucas horas, iria acontecer, ela leria outras tantas vezes e as repetiria o quanto necessário para prolongar ao máximo aqueles momentos singelos e tão especiais. Mas o único tempo que se conhece é o vivido; o futuro é apenas suposição.

Portanto, ao fim da tarde de um dia claro e sereno, depois de encerrar a segunda leitura do livro, Piedade decidiu que era hora de partir.

Não havia muitos detalhes a planejar: o rio levava a um Centro Urbano; logo, seguiria à sua margem. Alcançando o destino, procuraria um Lar-Escola, apresentaria-se como gestante e solicitaria ajuda para o parto; certamente, o Estado cuidaria bem de uma mãe e de seu bebê, elementos fundamentais para o reequilíbrio econômico e social da nação. O que aconteceria depois, Piedade sequer considerava. Talvez permitissem que ela cuidasse da criança até uma determinada idade; talvez concordassem que, mesmo sem autorização para criá-la, Piedade podia fazer visitas; ou lhe tomariam o filho e a condenassem por qualquer razão inventada e desprezível – alegando, por exemplo, que alguém criado por uma idosa torna-se, irremediavelmente, um elemento desajustado à ordem. Era a alternativa mais provável.

Todavia, nada disso importava. Piedade tinha consciência de que um parto realizado na mata, sem ajuda de ninguém, poderia ser fatal aos dois. Necessitava de ajuda para preservar a vida que agora protegia com a sua, mesmo que isso lhe custasse a separação dela.

Decidida de que o momento de realizar sua última viagem havia chegado, pôs-se de pé e se afastou do abrigo. De modo pragmático, passou a listar mentalmente o que levaria na viagem até o Centro Urbano e a também pensar sobre o que faria com o restante.

Como dessa vez sua partida era definitiva – aquela não era apenas mais uma incursão a fazendas ou a Cidades Fantasmas vizinhas –, seu primeiro impulso foi desmanchar as esteiras e enterrar as roupas. Mas ponderou: o abrigo oferecido por aquela majestosa árvore, de raízes rompendo o solo, tronco largo e copa muito densa, que peneirava o sol e garantia uma sombra fresca nos horários mais quentes do dia, não poderia desaparecer assim. Sua natureza, Piedade concluiu, estava destinada ao acolhimento de qualquer idoso que por ali passasse. Não podia abandonar o abrigo das Cordilheiras ao léu.

Então, decidiu arrumá-lo uma última vez. Se o mundo havia se tornado um lugar inabitável para os velhos, faria daquela Figueira uma espécie de pousada, pronta para receber qualquer um que, lutando pela vida, a encontrasse. Era a sua contribuição à sobrevivência de quem se escondia nos Territórios Escuros.

Posicionou a esteira inferior entre o Himalaia e os Andes; sob a superior, que servia de cobertura, deixou dobradas as roupas que ganhou da não-idosa e o velho uniforme de fábrica; sobre este, dispôs o canivete, o anzol e a linha de pesca enrolada. Por fim, dentro de uma sacola plástica – para que ficassem protegidos, deixou o livro e seu diário – afinal, não gostaria que seus hóspedes tivessem uma estadia solitária.

Terminou ainda antes de escurecer. Despediu-se do local com um toque carinhoso na árvore, gesto que levou alguns segundos para se desmanchar.

Na beira do rio, menos de quinze minutos depois, um acervo de nuvens disformes emolduravam grossas pinceladas azuis e laranjas para receber Piedade. Com o cantil passado sobre o ombro e o cajado lhe oferecendo imprescindível apoio, ela iniciou, na margem da estrada cristalina, aquela que acreditava ser a viagem que a levaria até o Centro Urbano.

eus superiores não tiveram escolha: Daren não aparecia na Puer Cosméticos há dias. Além disso, em seus últimos expedientes, comportou-se muito diferente do normal; chegou a abordar colegas com estranhas conversas sobre fatos ocorridos sabe-se lá quando. Tudo isso foi reportado à polícia. Afinal, nenhum jovem, a quem cabe a responsabilidade de reerguer a nação, podia abandonar seu trabalho dessa maneira. Ainda mais um emprego como aquele, com tantos benefícios. Não restava outra alternativa que denunciá-lo por Crime de Ócio.

Entretanto, apesar de procurado pelo Estado, não foi Daren quem acabou atraindo o pelotão para a Comunidade da Mina. Os membros da Vigília tomavam todas as precauções necessárias ao se dirigir para o Território Escuro; na trilha, minimizavam os rastros e evitavam repetir caminhos. Eram prevenções básicas, seguidas à risca, automatizadas.

Tais cuidados, que evitavam que fossem seguidos, provaram-se um grande êxito do grupo. Afinal, também não foi dessa maneira que o Estado descobriu a existência e a localização daquela comunidade de velhos, uma das mais numerosas que já foram desmanteladas. O plano que levou o pelotão à Mina, na verdade, foi bastante simples, porém efetivo: rastrearam uma doação falsa plantada na mata.

A invasão foi brutal. Mas para a maioria dos idosos que sobreviveram à chacina, por sorte Daren já tinha lido o suficiente sobre o passado do mundo para desbloquear todas as suas memórias.

◆

Não existia no mundo lugar mais gostoso para descansar. A tranquilidade da praça da Mina, principalmente nas horas que se seguiam ao almoço, era um convite irresistível. Os bancos de madeira acolhiam, com zelo, qualquer preguiça; a sombra das árvores agasalhava, ternamente, os devaneios; e o cochicho da água brotando na pedra era capaz de refrescar até mesmo os sonhos mais movimentados. Por isso, sempre que visitava a comunidade – aquela era sua quinta vez, a segunda sozinho, desacompanhado da Niara –, era ali que Daren passava horas na companhia de um livro.

Àquela altura, já havia se acostumado com os malditos óculos – ainda que conservasse a mania de se referir a eles dessa forma. Continuavam se sujando com a mesma frequência, mas Daren não se irritava mais – outras questões o afligiam, especialmente naqueles últimos dias. Com um gesto automático, interrompeu a leitura, levou-os até a lateral do corpo e usou a camisa para limpar suas lentes. Foi nesse momento que o Professor Jacinto se aproximou.

– Neste ritmo, garoto – O idoso falou, com sua voz marcada pelos desgastes do tempo, mas ainda guarnecida de gravidade e potência. – não vamos ter mais livros para te emprestar.

Daren ergueu os olhos e tornou a pousar os óculos no nariz.

– Daqui a pouco nossa biblioteca vai ter que fazer novas encomendas. – O Professor Jacinto brincou.

Era um exagero, óbvio. Daren sentia que estava apenas no início de sua formação. Depois daquele livro surrado, o primeiro que a comunidade lhe emprestou, havia lido outros doze – um número extremamente baixo para quem ansiava conhecer a história do mundo até ali.

– A culpa é sua, Professor. – Daren esforçou-se para dar continuidade à brincadeira. – Foi o senhor quem me instigou a ler o primeiro. O senhor é uma péssima influência. – Riu, tentando ao máximo disfarçar suas aflições.

O idoso apontou, com sua bengala, o banco do outro lado da mesa.

– Posso me sentar? – Perguntou, educadamente.

– Claro, Professor. – Daren se ergueu e fechou o livro, tomando o cuidado de marcar, com uma folha seca, a página onde parou. Em seguida, maquiou-se com um sorriso antes de olhar para o idoso.

A intimidade é como uma ponte, um atalho ao outro. Ela dispensa o superficial; desnuda o solene; despe de fantasias o cotidiano. A intimidade garimpa essências, faz emergir o âmago. Ela saboreia o tutano, não a carne. A intimidade torna familiar o que antes nos era estrangeiro, de fora. Entre Daren e Professor Jacinto, as visitas frequentes – cada vez mais prolongadas e próximas uma da outra –, edificaram rapidamente essa ponte. Por ela, não era difícil para o idoso alcançar as cismas que Daren tentava esconder atrás dos óculos.

– Ao longo da história, os livros já foram considerados perigosos inúmeras vezes. Basta ver quantas fogueiras foram acesas com eles. – Professor Jacinto sorriu. – Não à toa. Eu realmente acredito que livros e chamas têm muita coisa em comum.

Era uma declaração perspicaz – não por seu conteúdo, mas pelo seu uso naquela conversa. A analogia, ainda que breve, continha a totalidade de um raciocínio; dita em tons conclusivos, poderia ser usada para encerrar o assunto. Contudo, não era essa a intenção do Professor Jacinto; o que ele fez, na verdade, foi uma sugestão.

O idoso não precisou ser mais insinuante: Daren sabia, ao ouvir aquela frase, que suas aflições já haviam sido descobertas. Não adiantava tentar escondê-las: os livros o incendiavam.

– O senhor tinha me dito que... – A voz de Daren vacilou e foi necessário pigarrear. – ...que quanto mais eu lesse, quanto mais eu... – Daren tentou recordar as exatas palavras do Professor Jacinto, ditas meses atrás, na primeira conversa entre eles. – ...quanto mais eu exercitasse meu passado, mais minhas memórias voltariam.

— E elas voltaram? — O idoso perguntou, calmamente.

— Sim. Elas voltaram, Professor. Hoje eu me lembro de muita coisa. — Daren respondeu, com a voz trêmula, como se a garganta tentasse conter um rio.

— Então qual o problema, Daren? — Professor Jacinto perguntou. Seu tom de voz abarcava generosidade e conforto; afinal, era impossível não notar a angústia que consumia o jovem.

Daren retirou os óculos e os largou sobre a mesa. Com os dedos polegar e indicador, apertou os olhos como se quisesse retirar deles as imagens que agora, finalmente, podia ver.

— Daren, — O Professor tentou acalmá-lo. — nós somos aquilo que lembramos. A memória é o que nos dá identidade.

— Mas e se minha memória... — Daren engasgava em sua própria apreensão; algumas lágrimas, enfim, o venceram. — ...e se elas forem horríveis? Que tipo de gente eu sou, Professor, se tudo o que eu lembro é medonho? Se toda vez que eu fecho os olhos, eu me vejo... — Daren encarava o idoso com um desespero ávido. — ...eu me vejo fazendo coisas cruéis... desumanas. Eu não fui criança, Professor. Eu era um soldado.

Para Daren, aquelas palavras tinham o peso de uma confissão. Para o Professor Jacinto, porém, apesar de contundentes, eram um desabafo. A velhice, ainda que o fragilizasse com seus percalços, beneficiava-o com uma vasta compreensão das vivências humanas naquele mundo. Não era difícil compreender o que o jovem estava sentindo.

– Daren, na nossa sociedade o ódio é usado como um recurso de sobrevivência. Sobrevivência e, até mesmo, de estabilidade para aqueles que governam. – Professor Jacinto dava ênfase a algumas palavras pontuando-as com batidas da bengala no chão. – Você foi ensinado a odiar antes que tivesse consciência para compreender esse ódio. Então, Daren, não se martirize. – O Professor pediu, com profunda seriedade. – A maior crueldade da sua infância foi essa.

Daren balançou a cabeça negativamente, como se as palavras do Professor de nada adiantassem.

– Eu não sabia o que eu estava fazendo... – Disse.

– Você não tinha como saber, Daren...

– Mas eu fiz. – Daren o interrompeu. – Eu fiz, Professor. De que serve minha culpa para os idosos que eu ajudei a matar?

Professor Jacinto encarou o jovem com pesar.

– De nada. Sua culpa não serve de nada para eles. – Respondeu.

Daren baixou os olhos e deixou-os se perderem, vazios, pela praça.

O som de um serrote roendo a madeira os alcançou. Do choque entre o martelo, o aço e a bigorna ressoou um ruído seco e agudo. Os porcos remexeram-se no chiqueiro, devia ser hora de comer. A comunidade estava viva.

– E o seu lamento? De que adianta? – Professor Jacinto trouxe Daren de volta à conversa.

O jovem não sabia o que responder. Então, o idoso continuou:

– Daren, nesse tipo de sociedade em que vivemos, você pode ser o problema, você pode ter consciência do problema ou você pode combater o problema. – Professor Jacinto fez uma pausa, certificando-se de que o jovem o acompanhava. – Aqui na comunidade, não precisamos de mais gente consciente do problema. Só isso já não basta. – Concluiu.

Melancólico, Daren cruzou os braços e baixou os olhos. A ponte estava interditada.

Apoiando-se na bengala, Professor Jacinto se levantou. Sabia que Daren precisava de um tempo para refletir sobre aquilo tudo. Pôs-se, então, no sentido da enfermaria.

– Às vezes, parece que o mundo está andando para trás. – Daren falou de repente, ainda formulando seu pensamento.

A ingênua suspeita evitou que o idoso se afastasse. Até porque Professor Jacinto adorava compartilhar suas reflexões sobre o mundo.

– Quando o mundo regride, os jovens sentem uma dificuldade maior de adaptação. – O idoso explicou, depois de voltar para a mesa. – Essa dificuldade é menor para nós, velhos. No passado, nós já vivemos no mundo para onde o futuro regrediu.

Naquele instante, Silvia e Fernanda, o casal de idosas risonhas e tatuadas, passou por eles e os cumprimentou. Andavam de modo acelerado, passadas curtas; estavam suando. Em outra visita, Daren as acompanhou em uma de suas caminhadas. Dessa vez, apenas retribuiu o aceno.

– Daren, preciso ir ver a Doutora, na enfermaria. Podemos retomar a conversa mais tarde? Eu sei que você tem lido muito, deve ter muitas questões.

Daren apanhou os óculos e colocou-os.

– Por favor, Professor.

– A ideia dos livros é que, apesar de você ler sobre o passado, eles te façam olhar para o presente e o futuro. Você sabe disso, não é?

Daren sorriu. Um dia gostaria de agradecer a generosa paciência que o Professor Jacinto tinha com ele.

– Sempre o tempo, não é, professor?

– Sempre, Daren. O segredo de todas as coisas.

Então, Daren se lembrou de algo.

– Um dos livros dizia que a única forma de vencer o tempo era morrer jovem. – Afirmou.

Ao ouvir aquilo, o idoso soltou uma gargalhada deliciosa. Sua risada correu livre pela praça, como uma criança.

– Então, eu estou velho demais para morrer. – Respondeu, ainda se divertindo.

A graça também contagiou Daren que, finalmente, relaxou um pouco. Afinal, não existia no mundo lugar mais gostoso.

De repente, dois tiros os assustaram.

Antes que pudessem se dar conta do que acontecia, no portão principal da Comunidade da Mina, na direção oposta ao paredão de pedra, um dos vigias idosos morreu segurando seu antigo binóculo militar; o outro, empapou todo seu boné de inverno com o sangue que vazava da cabeça.

ntes mesmo da bala tocar seus cabelos e sua pele, esses já haviam sido queimados pelo calor, pela fumaça e a pólvora que a acompanharam no disparo. Não que fosse possível distinguir as percepções da queimadura e do ferimento, ainda que vários ossos da sua cabeça tivessem sido destruídos. A velocidade com que o projétil atingiu seu crânio foi tremendamente alta, a ponto de atravessar o cérebro sem chegar a romper os tecidos conjuntivos e as membranas fibrosas que o protegiam – o projétil empurrou os tecidos pelo caminho, esticando-os além de seu ponto de ruptura -; só quando ele saiu, do outro lado, é que esses tecidos retornaram pela cavidade do ferimento, como um chicote, e se romperam. Por fim, a cavidade veio abaixo – seu diâmetro final foi dez vezes maior que o tamanho da bala que a criou. Imediatamente as funções que comandavam seu corpo foram desligadas.

    Depois de apertar o gatilho, o pai baixou a arma e se afastou, indiferente.

    Acolhido por seu carinho e embalado por aquela canção melódica e arrastada, Perdigueiro adormecera no colo do velho. Permaneceu ali até de manhã. Apesar das dores e dos hematomas causados pela surra que levou, dormiu o tempo todo e conseguiu descansar; teria acordado até mesmo um pouco mais calmo, não fosse o sobressalto provocado pelo tiro.

    O estrondo também assustou o idoso. O alarme chacoalhou seu corpo em um tremor que consumiu ainda mais o pouco das forças que lhe restavam. Ao acordar, apavorado, desconfiou da própria vida e levou alguns instantes apalpando-se; queria se assegurar de que não fora o alvo daquele disparo. Assim, ao fim da averiguação, concluiu que estava inteiro, mas nada bem: sentia que a doença o consumia vorazmente.

    O garoto se levantou depressa e correu até a porta. O velho escorreu em sua cama improvisada.

    – Foi lá em casa. – Disse Perdigueiro, abrindo a porta com cuidado e mirando a sede. – Tenho que ver o que foi isso.

    O idoso nada disse. Tentava se recuperar do susto, que deixou seu coração acelerado e a respiração trôpega. Apenas tossiu, limpando o escarro amarronzado no punho da camisa. Doía-lhe tanto a tosse, que parecia ter a intenção de romper-lhe o peito, quanto o simples gesto de limpar a boca, repuxava-lhe os músculos como se estes fossem roupas curtas demais para o tamanho do corpo.

A tosse e o gemido de dor que se seguiu a ela chamaram a atenção de Perdigueiro. Quando o tiro reverberou dentro do paiol, um mau pressentimento o impediu de reparar no estado em que o velho acordara. Agora, ao se virar, notou que ele estava ainda pior do que na tarde em que fora encontrado por Uzi. Deitado na cama improvisada, parecia ser sugado pelo chão. Até mesmo sua cor mudara durante a noite: sua pele ganhou tons acinzentados e perdera completamente qualquer resquício de brilho. As tábuas que emparedavam o paiol deixavam vazar alguns raios de luz, que o atingiam como lâminas afiadas. O velho não aparentava ter mais resistência que uma folha de papel.

O garoto se aproximou com delicadeza e falou, em voz baixa, com medo de que até mesmo o volume da conversa pudesse feri-lo:

– Preciso ver o que aconteceu, velho. Depois, eu volto e tiro você daqui. Tá bom?

O idoso se esforçou: sorriu para o garoto com o que lhe restava de gentileza. Ainda que sair dali com vida já não fosse uma esperança.

◆

Quando o sol lhe tocou o rosto, reacendeu as chamas que ardiam em cada um dos cortes, dos esfolados e dos inchaços que deformavam-no. Perdigueiro corria pela área de plantio e o esforço físico também despertava, ardentes, os hematomas espalhados pelo seu corpo. Mesmo assim, avistar o pai retornando para a sede da fazenda, com a carabina no ombro, serviu-lhe como anestesia. Afinal, o medo do que o homem poderia ter feito era ainda pior do que a dor causada por ele.

Antes que Perdigueiro pudesse chegar à cerca que acompanhava a estrada desde a porteira, alcançaram-no os latidos de Glock e Lancaster. Era um alvoroço irado, aflito, que misturava ladros e uivos lastimosos, no qual Perdigueiro não reconheceu os latidos de Uzi. Temeu que fosse um castigo do pai: deixara a cadela fugir para castigá-lo pela afronta da noite passada.

Ágil, Perdigueiro superou a cerca rapidamente – a pouca velocidade que perdeu ao passar por ela, recuperou-a nos metros seguintes, descendo a estrada. Quando despontou na frente da casa, o homem já estava na varanda e apoiava a carabina ao lado da porta de entrada.

– Cão machucado não serve para nada! – Gritou o pai, assim que percebeu que o menino se dirigia para o canil. – Está ouvindo, moleque? Cão que não caça não tem serventia nenhuma! – Berrou, em tons de alerta e intimidação.

Contudo, a ameaça não surtiu efeito: Perdigueiro não parou, tampouco diminuiu o passo. Avançou sobre a horta, cruzou-a em questão de segundos e, finalmente, chegou ao canil. Aflito, arremessou-se sobre o muro, algumas dezenas de centímetros mais alto que ele, sem se preocupar em conferir ao corpo, já tão machucado, mais alguns arranhões – ao escalá-lo, esfolou joelhos e cotovelos. Em seu desespero, calculou que seria mais rápido descobrir o que havia acontecido dessa forma, ao invés de dar a volta e chegar ao portão.

Caso tivesse ido ao portão, não precisaria mais do que aquele pequeno córrego de sangue, que escorria para fora do canil, para compreender que o castigo do pai era ainda mais cruel do que pôde imaginar. Escolhera, porém, o muro, e o que viu dali de cima era uma imagem ainda mais chocante: no chão pintado de sangue pelas patas inquietas dos outros cachorros, o corpo de Uzi, inerte, esvaziado de vida por um buraco na cabeça.

O menino despencou.

◆

Se, na animosidade do lar em que viviam, o menino e a cadela eram uma reserva de zelo um para o outro, era evidente que, na ausência de um, o outro se tornaria o monstro que o homem almejava ao criá-los. Atirar em Uzi talvez tenha sido a última etapa de um treinamento perverso; com ela, retirava-se o resto de humanidade de Perdigueiro e o transformava, integralmente, no animal que tanto precisava.

– Você é um Cão, Perdigueiro! Está me ouvindo? Você é um Cão, moleque. – Gritou o homem, tornando a pisar na varanda, após voltar da cozinha. – O meu Cão!

Instintivamente, o homem seguia um plano de desumanização que provou-se eficaz há centenas de anos, na época da escravidão: retirou a identidade do menino – chamava-o por um apelido que remetia a um cachorro; apagara da casa qualquer rastro de sua origem; e reprimia-o de qualquer anseio com uma escalada de violência que parecia nunca atingir seu cume.

– Agora você vai pegar tuas coisas, moleque, e trazer o velho que eu mandei você caçar faz quatro dias! – Berrou, baixando os olhos para temperar a xícara de café com uma dose de aguardente. – E não chora! Ainda tem dois cachorros aí.

Em seu ato final da criação do monstro, cometeu apenas um equívoco: deu as costas a um animal ameaçado. Esqueceu-se de que Perdigueiro era o melhor Cão da sua idade; de que ninguém caçava tão bem quanto ele. Esqueceu-se de que o menino fora treinado para perseguir suas presas com faro canino; de que movia-se em silêncio, que seus gestos eram precisos, exatos, e que nenhum músculo se contraia ou distendia mais ou menos do que o necessário.

Assim, quando terminou de servir a aguardente na xícara de café e levantou a cabeça, o menino já não estava mais caído nos fundos do canil.

◆

O moleque desaparecera.

Com os olhos apertados, o homem varreu o terreno ao redor da casa, procurando-o. Chegou a dar alguns passos para trás, desconfiado, e ainda teve tempo de considerar a possibilidade de Perdigueiro ter entrado no canil. Mas isso foi tudo: de repente, sentiu um fio gelado em seu antebraço.

Percebeu primeiro o menino – estava a suas costas; depois, notou que ele segurava o canivete e que este tinha a lâmina suja de sangue; só então se deu conta do talho aberto em seu braço esquerdo.

A dor aguda fez com que soltasse um urro e a garrafa, que trincou ao atingir o piso da varanda. O homem se virou depressa e arremessou a xícara de café quente em direção a Perdigueiro, mas não o acertou. Com agilidade, o menino se esquivou, passou por baixo do braço direito do pai, apanhou a garrafa no chão e, com um salto, estraçalhou-a na cabeça do homem, que tombou no mesmo instante.

– Por que você fez isso? – Perdigueiro berrou, montando em cima do pai. – Por quê? – Gritou com o rosto muito próximo do dele. Não chorava.

O homem estava desorientado, mas não perdera os sentidos. Enquanto tentava se desvencilhar do menino, palmilhou o chão e esticou os dedos, esforçando-se para alcançar a carabina aparada ao lado da porta.

Perdigueiro percebeu e, imediatamente, se adiantou: pulou de cima do homem e agarrou a arma. De pé, destravou-a e apontou para o rosto do pai.

– Perdigueiro, Perdigueiro... – O homem falou, erguendo o tronco e fingindo ter controle da situação. – Você é só um Cão, moleque, não esquece de quem manda nessa fazenda.

O menino deu um passo à frente, virou a arma e acertou, com toda sua força, uma coronhada no nariz do homem, que tombou mais uma vez.

– Meu nome. – O menino exigiu.

Ainda mais desorientado, o homem levou os dedos da mão direita ao nariz e depois em frente aos olhos: sangrava. Assim como a região da cabeça onde a garrafa se quebrou e o talho aberto no antebraço esquerdo. Ainda tentou se virar, apoiando-se no braço direito – porém o menino, mais rápido, deu uma rasteira em seu cotovelo e ele tornou a cair.

– Meu nome! – O menino insistiu.

Do chão, o pai escutou o engatilhar da arma e, finalmente, olhou para sua cria: já não podia controlá-lo.

– Daren. – O pai soltou, sem forças para reagir.

Sua voz saiu tão baixa e fraca que tal revelação soou como uma informação corriqueira.

Não havia vento para chacoalhar a tela aramada da horta ou a copa das árvores do pomar. Apenas os latidos incessantes de Glock e Lancaster entrecortavam o silêncio entre homem e menino.

— Daren. — Perdigueiro repetiu, em voz baixa. Tentava se acostumar ao som de seu próprio nome.

— Não é o que você queria saber? — O homem sorriu, venenoso. — O teu maldito nome é Daren. Foi isso que tua mãe falou.

Ao ouvir aquilo, Perdigueiro recobrou sua atenção e apertou com firmeza as mãos na carabina. Não podia perder aquela chance.

— Quem é minha mãe? — Inquiriu.

Mais uma vez, o homem sorriu asqueroso. Sua boca estava empapada de sangue.

— A merda de uma velha.

O menino virou a arma e ameaçou acertá-lo uma segunda coronhada.

— É o que eu sei, porra. — O homem levou a mão direita em frente ao rosto, para se defender. — Tua mãe era a maldita de uma velha.

— Onde ela está? — Perdigueiro tinha ares de inquisitor.

— Morreu. Logo depois de te dar à luz.

Enquanto arrancava aquelas respostas, Perdigueiro tentava, mentalmente, remontar sua história.

— Você não é meu pai? — Perguntou.

— Eu nunca falei que era seu pai, moleque.

Era uma afirmação dura, farpada. Sob a mira da própria carabina, sangrando em diversos pontos, não restava ao homem outras alternativas para tentar atingir o menino. A frase era um espinho e teria, até poucos dias atrás, atingido o garoto em cheio. Mas Perdigueiro, ou Daren, naquele momento, já não se importava; remontar suas origens lhe era muito mais urgente.

— Então como eu vim parar aqui? — Perdigueiro segurava a arma com firmeza.

Ao ouvir a pergunta, o homem riu, espirrando algumas gotas pelo chão da varanda. Estava derrotado — e tinha consciência disso —, mas ainda era detentor da história que o menino tanto queria.

— Você é a merda de uma dívida, Perdigueiro.

A fazenda ainda produzia alguma coisa — não que valesse a pena. Era em um período de entressafra e o homem tinha trabalhado o dia todo na limpeza de um pedaço da área de plantio; estava exausto. Da janela da cozinha, a noite não parecia muito escura; se já tivesse pego os cachorros, eles estariam, certamente, latindo para a lua. A panela de pressão cozinhava um pedaço de lombo de um porco que o próprio homem criava e abatia — isso antes de transformar o chiqueiro em canil. Nunca esquecera esse detalhe porque, em um primeiro instante, confundira os gritos lá fora com o chiado da panela de pressão. Levou algum tempo para perceber que aquilo era grito de gente.

Pegou uma lanterna e um antigo revólver que comprou para entrar na Milícia. Partiu em disparada da sala em direção ao pomar, de onde os gritos vinham. As mangueiras encobriam o luar, tão forte que alguns galhos tinham sombras duras desenhadas no chão. Ao passar sob as jabuticabeiras, sua presença, além daqueles gritos agonizantes, despertaram as galinhas que dormiam no alto das árvores — ele pôde ouvir suas reclamações. Foi um pouco mais à frente que o facho de sua lanterna encontrou, apoiada em uma bananeira, aquela aberração: uma velha grávida.

Em um primeiro momento, o homem se assustou, afinal a mulher estava parindo no meio do mato, como se fosse bicho; mas não demorou muito a se decidir: ele estava em seus primeiros passos na Milícia e já sabia o quanto valia o corpo de uma velha. Portanto, iria matá-la ali mesmo e, na manhã seguinte, levaria o corpo para o Jiboia. Precisava do dinheiro; a fazenda estava indo para o buraco e ele não aguentava mais essa vida de roceiro.

Mas quando apontou o revólver para a velha, ela implorou que ele a ouvisse. Pediu, desesperadamente, que não a matasse e contou que estava seguindo o rio até o Centro Urbano; iria entregar o bebê para um Lar-Escola. No caminho, porém, começou a sentir as dores do parto e decidiu pedir ajuda. Não podia colocar a vida do bebê em risco. Deixou o curso do rio e encontrou a fazenda – mas não esperava ser propriedade, justamente, de um miliciano.

Era uma história comovente, mas o homem pouco se importou. Com ou sem drama, valia o mesmo que qualquer outro velho. Mandou-a se calar, não tinha tempo para aquela baboseira. Contudo, ela propôs um acordo: que ele não a matasse, pois ela mesma se mataria. Se o homem a ajudasse a ter o bebê, ela prometia que, assim que se recuperasse, entregaria a criança em um Lar-Escola – ela insistia que filho tinha que estudar – e, logo em seguida, se dirigiria a uma Casa de *Felix Mortem*; se inscreveria para uma partida voluntária e deixaria, em nome do homem, o BCN a que tinha direito.

Na época, o Bônus pelo Compromisso com a Nação valia muito mais do que um corpo na mão do Jiboia. Até que não era mal negócio.

Acordados, ele a levou à sede, pegou algumas compressas de água quente e ajudou no parto, colocando em prática o conhecimento que adquiriu ao parir as crias da fazenda.

— Você nasceu berrando igual um potro. Moleque forte, de fôlego. Mas a velha morreu logo depois. Teve tempo só de me pedir que te chamasse pelo nome que ela escolheu: Daren.

Perdigueiro, mais uma vez, apertou as mãos na carabina. Suas mãos estavam suando; tinha medo de deixar a arma cair.

— Maldita. Só me deu prejuízo. — O homem concluiu seu relato. — Tive que te criar e ela ainda ficou me devendo o BCN.

O dedo indicador do menino sentiu a resistência leve e fria do gatilho.

— Por que você não me levou para um Lar-Escola depois que ela morreu?

O homem riu, sarcasticamente.

— Porque alguém tinha que me pagar essa dívida.

A boca do menino estava seca, assim como seus olhos. De soslaio, mirou para uma das colunas que sustentavam a varanda e se arrependeu de cada um dos oito traços feitos com seu canivete.

— Terminou? — Perdigueiro perguntou.

— É tudo o que eu sei, pirralho. Que mais que você quer?

Então o pirralho se adiantou e, com toda sua força, deu uma nova coronhada no rosto do homem. Deixou desacordado aquele que nunca mais chamaria de pai.

◆

A porta abriu de supetão.

— Vamos, velho! Temos que sair daqui. — Perdigueiro falou ao entrar, retomando a conversa que ficou estacionada no paiol.

O idoso estava deitado em sua cama improvisada, tinha os olhos fechados e abraçava o saco de estopa como se ali conservasse seus últimos grãos de vida. Escutou a determinação do garoto, mesmo assim, não reagiu. Concentrava-se em amenizar, com lembranças ternas, as dores e o mal-estar que o estágio terminal da doença lhe causava.

— Tem que ser agora, velho. — O garoto alertou, aproximando-se.

Da boca aberta do idoso, escapava um chiado áspero; seu peito mal se erguia ou baixava. A respiração curta e breve já não parecia valer a pena: o velho gastava mais fôlego na tarefa de inalar e exalar o ar que o próprio fôlego que que ela lhe assegurava.

Como não havia muito tempo para pensar, Perdigueiro decidiu carregá-lo. O corpo magro do velho não devia ser tão pesado; poderia levá-lo até o rio e dali buscariam ajuda. Decidido, apoiou a carabina na parede, ajoelhou-se ao lado da manta que fazia as vezes de colchão e enfiou os braços sob as pernas e as costas do idoso.

— Não se preocupe, velho. Eu tiro você daqui. — Prometeu.

Contudo, o idoso se negou. Ainda de olhos fechados, balançou a cabeça para os lados e interrompeu a empreitada do garoto.

Perdigueiro não compreendia; não podiam ficar ali muito tempo.

— Que foi, velho? Eu consigo te carregar. — Assegurou.

O velho nada disse; apenas bateu a mão espalmada algumas vezes no chão, indicando que desejava que Perdigueiro se sentasse ao seu lado. Queria falar.

— Deixa eu... — Sua voz estava muito fraca; não dava a impressão de que chegaria ao final da frase. — ...terminar de te contar...

— Contar o que, velho? — O menino respondeu, curvando-se sobre o idoso e também com a voz baixa, ainda que impaciente. — A gente tem que sair daqui. Meu pai... — Corrigiu-se. — Aquele homem pode te encontrar aqui.

Com um balançar fraco de cabeça, o velho, mais uma vez, negou.

— O fim da história, garoto. — Falou, com respingos de fôlego.

Perdigueiro pegou a garrafa d'água e molhou, com cautela, os lábios do idoso.

— A música... — Continuou, depois de beber. — Você se lembra da música?

Era um pedido; o idoso queria ouvi-la. Apesar da pressa, Perdigueiro não podia lhe negar algo tão simples. Então, comprimiu os lábios, retorceu a língua e tentou assobiar, baixinho, aquela canção melodiosa e triste.

A reação foi tão natural quanto imediata: um sorriso iluminou o rosto do idoso. Por um brevíssimo instante, todo seu corpo pareceu se preencher com um pouco mais de vida. A música lhe servia de elixir.

Perdigueiro não se conformava. A urgência de sair dali ocupava toda sua compreensão. A qualquer momento, o homem iria acordar e começaria a caçá-lo pela propriedade. Em sua fúria, ao descobrir o paiol, mataria os dois, ele e o velho. Por isso, depois de repetir a canção poucas vezes, interrompeu o assobio.

— Velho... — Tentou falar.

Mas um gesto do idoso o pegou desprevenido: com um vagaroso movimento, levou a mão ao peito, agarrou o saco de estopa e o arrastou até o garoto. Apesar da debilidade, ainda sorria.

Perdigueiro recebeu o saco com curiosidade; mas, se pudesse escolher, o abriria só depois de saírem da fazenda.

— Abre. — Pediu o idoso. — Eu quero te fazer um pedido.

Seria sua última concessão, prometeu-se o menino. Depois disso, levaria o velho dali, ele querendo ou não.

Com um gesto impaciente, enfiou a mão no saco de estopa e puxou, sem grandes expectativas, o que havia lá dentro. Mas, para sua surpresa, o que viu em suas mãos o fez esquecer, por um instante, de tudo o que o preocupava no momento.

O idoso não precisava ter os olhos abertos para saber que os do garoto estavam arregalados.

— É a...? — Perdigueiro tentou perguntar, aspirando espanto.

O velho sorriu e confirmou com um leve meneio de cabeça. Era a caixinha pequena e retangular, feita à mão em madeira avermelhada, com um detalhe geométrico entalhado no centro da tampa, tal qual o havia descrito ao longo do contar de sua história.

— É... — O idoso confirmou, depois de tossir. — De noite, quando minha mãe apagava a luz e eu dizia que estava com medo, ela sempre me dava um beijo na testa e deixava essa caixinha aberta, tocando, baixinho.

Uma lágrima deslizou pela lateral enrugada do rosto do idoso.

— Posso abrir? — Perdigueiro perguntou, respeitoso.

— Só depois de me prometer uma coisa. — A voz do velho, aos poucos, desaparecia.

— O quê?

— Que depois de abrir, você vai esconder essa caixinha... — O velho empenhava-se mais do que podia; foi preciso parar e recuperar o pouco fôlego do qual se valia antes de completar o pedido. – ...vai esconder ela aberta, em algum lugar aqui no paiol. Um lugar que ela continue tocando sem que ninguém a encontre. – O idoso pausou outra vez; dessa vez, proposital. Queria atrair integralmente a atenção do garoto. – Então, quero que você chame seu pai e conte que tem um velho escondido aqui.

Ao escutar o pedido, Perdigueiro encarou o idoso muito sério. Estava novamente de olhos fechados. O menino o observou com cuidado: estava exaurido. Mesmo se o carregasse, não sobreviveria à fuga. Não tinha forças para chegar nem mesmo ao rio; e se optassem por se esconder no Território Escuro, ele não resistiria à primeira noite.

Então, com muito zelo, o garoto levantou a tampa da caixinha. Abriu apenas uma fresta – estava receoso, não sabia como ela funcionava; talvez a música pudesse escapar e nunca mais a recuperasse. Por essa abertura mínima, notou que, em seu interior, a caixinha era forrada com um tecido vermelho que lembrava veludo; na tampa, havia um espelho onde, pela primeira vez, se veria como Daren. Mas foi só ao abri-la completamente que a mágica se realizou: a caixinha de madeira entoou, com timbres perfeitos, aquela canção, melodiosa e triste, que o velho tanto assobiava.

Tornou a encarar o idoso, que dessa vez não sorriu. Mas Perdigueiro sabia que ele estava feliz.

A caixinha mágica, de madeira, capaz de guardar uma música tão especial, foi colocada, aberta, dentro de uma lata – o que ampliou seu volume – e esta, por sua vez, foi escondida atrás de um monte de ferramentas empilhadas na última prateleira da estante.

Antes de sair, o garoto se aproximou do idoso e lhe deu um beijo na testa.

◆

– É o último. Com ele, a dívida da minha mãe está paga. – Daren anunciou, empunhando a carabina. – Depois disso você nunca mais vai me procurar.

O homem, com o nariz quebrado, um galo na cabeça e o antebraço esquerdo enrolado em um pano de chão empapado de sangue, escutou a proposta do menino em silêncio. Estavam os dois na varanda.

– Combinado? – O menino insistiu.

O homem balançou a cabeça, concordando. Mas ainda faltava algo:

– Eu preciso da minha arma. – Reclamou.

– Isso não é um problema meu. – Daren rebateu, sem contar que, se o homem realmente a quisesse de volta, teria que, mais tarde, mergulhar até o fundo do rio. – Vai! Agora! – Gritou, colocando-o na mira.

O homem desceu os degraus irregulares da varanda sem dizer mais nenhuma palavra e se afastou, em direção ao paiol. Daren esperou que ele cruzasse a cerca e avançasse algumas dezenas de metros na área de plantio e só então baixou a guarda.

Tinha pressa: entrou em casa, pegou algumas mudas de roupa, o pouco que havia de comida e água e saiu. Antes de partir, ainda passou no canil e abriu o portão, liberando Glock e Lancaster, que fugiram em disparada. O menino ainda olhou uma última vez para o corpo de Uzi e lamentou; mas, de alguma forma, sabia que ela também já estava livre.

Então, correu o mais rápido que pôde. Deixou para trás os limites da fazenda e um passado que faria questão de esquecer. Escolheu cortar caminho pelo

Território Escuro, o mesmo onde tantas vezes iniciou suas caçadas. Queria chegar depressa ao rio. Seguiria por sua margem até o Centro Urbano.

    Daren estava decidido: iria cumprir o que sua mãe havia planejado para ele.

N a sede da fazenda, a lâmpada era amarela e fraca, mas lhe permitia ver quanta escuridão havia dentro daquela casa. Piedade levantou a mão para proteger os olhos e reparou nas suas manchas de idade; pintinhas escuras, algumas maiores, outras menores, surgiam por toda parte. Baixou o braço e pousou as mãos sobre o peito; estava exausta. Sentia-se cada vez mais fraca, como se fosse desaparecer. Então, fechou os olhos. Lá fora, a noite estava silenciosa.

O estrondo, porém, foi ainda mais assustador que os tiros. No horário em que o portão principal da Comunidade da Mina caiu, a numerosa maioria dos idosos estava em casa, repousando. Bastou que o pelotão avançasse sobre o largo da entrada para dar início à chacina. Das quatro fileiras de casas à esquerda, duas foram alvejadas por quase um minuto – duração longa o suficiente para fazer em pedaços as construções simples, de madeira ou sapê, e aniquilar quem estivesse dentro delas. Os moradores das casas mais próximas aos barracões conseguiram, ao menos, arriscar-se: correram em direção ao portão de emergência que dava na mata. Mas poucos tiveram sucesso: o pelotão os alcançou antes de concluírem a fuga. Na enfermaria, a Doutora se negou a partir; disse que jamais abandonaria seus pacientes e continuou cuidando deles até o fim. Já o Professor Jacinto dedicou seus últimos esforços à retirada: ajudou os moradores das casas mais próximas à bica, além daqueles que já estavam na praça, a atravessarem a passagem escondida em uma fenda do paredão de pedra; ele mesmo, contudo, não chegaria a cruzá-la.

Correndo pela mata, o menino sentia-se livre. Já não era bicho; agora conhecia sua origem e respondia a um nome:

– Daren. – Piedade sussurrou, aliviada, depois de ouvir o choro do bebê. – O nome do meu filho vai ser Daren. – Reafirmou, já quase sem forças, para se certificar de que o homem a escutara.

Era uma ordem clara e todos a ouviram: que os seguissem até o inferno! Conduzidos por Daren, os idosos sobreviventes ainda não haviam cruzado metade da rota de fuga quando escutaram aquele grito. Alguns homens do pelotão haviam descoberto a passagem na fenda; se encontrassem o início da trilha, os alcançariam antes de chegarem ao rio.

Por sorte, Daren já não preteria o passado. Para dar tempo aos idosos, voltou pela trilha e, em determinado ponto, embrenhou-se. Como um Cão, agiu com frieza; seus movimentos foram precisos e exatos; na mata, confundiu-se com a vegetação. Avistou os homens sem que estes o vissem – estavam em quatro. Rondou-os, por alguns instantes, produzindo ruídos que os atraíram para outra direção. Quando já não foi mais possível despistá-los, Daren correu o mais rápido que pôde.

Cortando caminho pelo Território Escuro, o menino escutava, baixinho, aquela canção melodiosa e arrastada, como se a assobiassem em seus ouvidos.

O PRÊMIO MALÊ DE LITERATURA

No dia 25 de fevereiro de 2016 a Editora Malê lançou a primeira edição do seu prêmio de literatura, objetivando ampliar as representações positivas do jovem negro, servir de incremento para a reelaboração da sua autoestima intelectual e promover a leitura e a escrita. Oficinas gratuitas de escrita foram realizadas e uma pesquisa com os participantes revelou que este foi o primeiro prêmio literário para 64,8% dos inscritos. Já neste primeiro momento, o Prêmio Malê demostrou ser uma experiência rica para se pesquisar e refletir sobre as representações do jovem negro na sociedade brasileira.

Sabe-se do estigma que recai sobre o jovem negro no Brasil e o quanto este fenômeno molda o seu destino. Acrescenta-se que jovens negras e negros, em sua maioria, estão inseridos em uma realidade de grande vulnerabilidade à violência e desigualdade. Para o pesquisador Alexandre Barbosa Pereira, "há uma tendência, por parcela considerável da classe média, da mídia e do poder público de perceber os jovens pobres a partir de três perspectivas, quase sempre exclusivistas: a do bandido, a da vítima e a do herói"[1]. O que ele nos revela é que presos em estereótipos, dimensões da personalidade destes jovens são negadas. A primeira edição do prêmio gerou a publicação *Letra e tinta: dez contos vencedores do Prêmio Malê de Literatura*, em novembro de 2016. No ano seguinte, a segunda edição do prêmio concebeu o livro

---

[1] PEREIRA, Alexandre Barbosa. In: BRUM, Eliane. Os novos vândalos do Brasil. *El País*, 2013.

O movimento leve: contos e crônicas, publicado em 2018, com dez narrativas curtas dos vencedores. Em 2019, atendendo a diversos pedidos, resolvemos ampliar as categorias do prêmio, incluindo romance (livro individual), contos (livro individual), teses e dissertações e mantivemos a categoria jovens autor@s negr@s. Os vencedores foram Vinícius Neves Mariano, com o romance *Velhos demais para morrer*; Lucas Litrento, na categoria contos, com *Txhow*; Janice Souza Cerqueira, na categoria teses e dissertações, com *Da literatura afro-brasileira: a poesia afro feminina de Conceição Evaristo*; e na categoria jovens escritor@s negr@s, Yasmim Morais – BA, Dêner Batista Lopes – SP, Marilia Pereira de Jesus – SP, Thayná Alves – RJ, Diego Soares – RJ, Caliel Alves dos Santos – BA, Antonio Jeovane da Silva Ferreira – CE, Domingos Alves de Almeida – MA, Bioncinha do Brasil – RJ e Zainne Lima da Silva – SP.

Muniz Sodré, autor de *A lei do santo*, livro de contos que orgulhosamente publicamos, afirma em *Claros e escuros* que "em um país de dominação branca, a pele escura, tende a tornar-se um estigma, qualquer diferença pode ser estigmatizada e formar juízos sobre o outro. Desta forma, a mídia e a indústria cultural constroem identidades virtuais, a partir não só do recalcamento, mas também de um saber de senso comum, alimentado por uma longa tradição ocidental de preconceitos e rejeições."[2] Para Sodré, desta identidade nascem os estereótipos e a folclorização em torno do indivíduo de pele escura. Nós, da Editora Malê, acreditamos que a literatura pode ser utilizada

---

2 SODRÉ, Muniz. *Claros e escuros: identidade, povo e mídia no Brasil*. Petrópolis: Vozes, 1999.

em uma guinada positiva para reescrever essas identidades no imaginário dos brasileiros.

No entendimento de que ler e escrever é um direito, ao estimular a produção de autoria negra o Prêmio Malê de Literatura se afirma e oferece para o repertório literário benefícios. Dalcastagnè (2014) apresenta que "precisamos de escritoras e escritores negros porque são eles que trazem para dentro de nossa literatura outra perspectiva, outras experiências de vida, outra dicção; de negros e de negras moradores da periferia, trabalhadores e trabalhadoras escrevendo, não para fazer relatos de suas vidas, mas para que sua imaginação e sensibilidade deem forma a novas criações, que refletirão, tal como ocorre entre os escritores da elite, uma visão de mundo formada tanto de uma trajetória de vida única, quanto de disposições estruturais compartilhadas."[3]

Nesta perspectiva, apresentamos o romance *Velhos demais para morrer*, de Vinícius Neves Mariano, vencedor na categoria romance do Prêmio Malê de Literatura 2019 e, citando o conceito elaborado pela escritora Conceição Evaristo, desejamos que as *escrevivências* dos autores e autoras negros e negras que premiamos com a publicação dos seus textos sirvam como primeiros passos para a formação de carreiras literárias sólidas e enriquecedoras para a literatura brasileira.

---

3 DALCASTAGNÈ, Regina. Por que precisamos de escritoras e escritores negros? In: SILVA, Cidinha da. *Africanidades e relações raciais: insumos para políticas públicas na área do livro, leitura, literatura e bibliotecas no Brasil*. Brasília: Fundação Cultural Palmares, 2014.

© Malê Editora
Todos os direitos desta edição reservados à
Malê Editora e Produtora Cultural Ltda.

DIREÇÃO EDITORIAL Vagner Amaro & Francisco Jorge
PROJETO GRÁFICO Polar, Ltda.
REVISÃO Luiza Mariano, Viviane Marques

Dados Internacionais de Catalogação na Publicação (CIP)

M333v   Mariano, Vinícius Neves
         Velhos demais para morrer / Vinícius Neves Mariano
      Rio de Janeiro: Malê, 2020.
      280 p.

      ISBN 978-65-87746-21-0

      1.Romance brasileiro   1.Título

                                    CDD-B869.3

CRB-7/5224

Bibliotecário: Vagner Amaro

Texto revisado segundo o novo Acordo Ortográfico da
Língua Portuguesa. Proibida a reprodução, no todo, ou
em parte, através de quaisquer meios.

Prêmio Malê de Literatura
Editora Malê
Rua do Acre, 83, sala 202, Centro, Rio de Janeiro, RJ
contato@editoramale.com.br
www.editoramale.com.br

FONTE Adriane Text e Perdigueiro
PAPEL Pólen Soft 80 g/m²